Author
進行諸島
Illustration
風花風花
9
転生賢者の異世界ライフ
～第二の職業を得て、世界最強になりました～

どれだけ量があろうが、
私はただ、量るだけさ。

ユージが持ち込んだ
大量の『地母神の涙』を見ても
ルミヌは眉一つ動かさず、
ただ粛々と計量した。

これは確かに
ヤバそうだな……

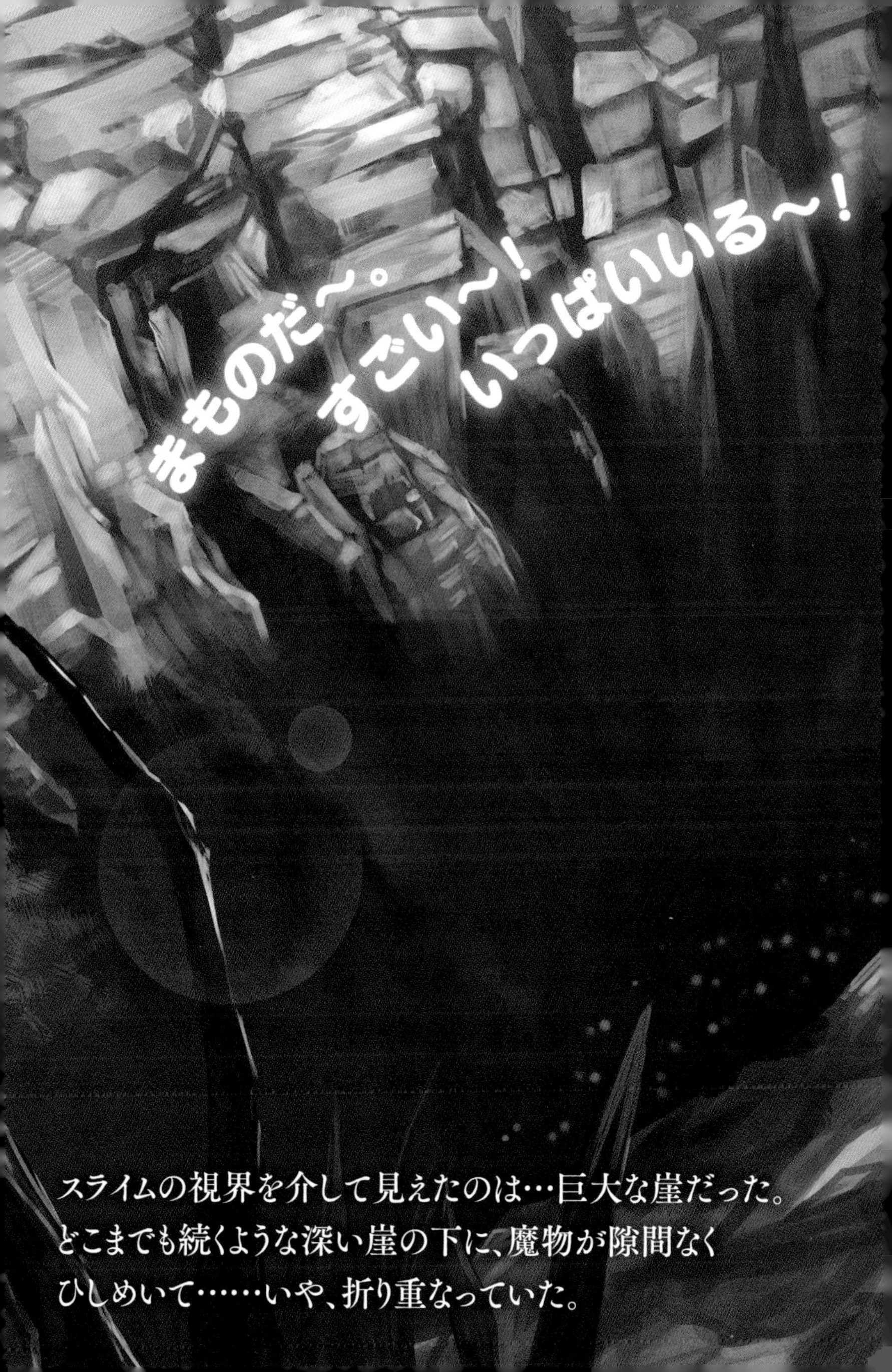
まものだ～。
すごい～！
いっぱいいる～！
スライムの視界を介して見えたのは…巨大な崖だった。
どこまでも続くような深い崖の下に、魔物が隙間なく
ひしめいて……いや、折り重なっていた。

全員離れたな？
それじゃ、やるとしよう。

魔法転送——…
終焉の業火

Tensei Kenja no Isekai life

contents

転生賢者の異世界ライフ
～第二の職業を得て、世界最強になりました～

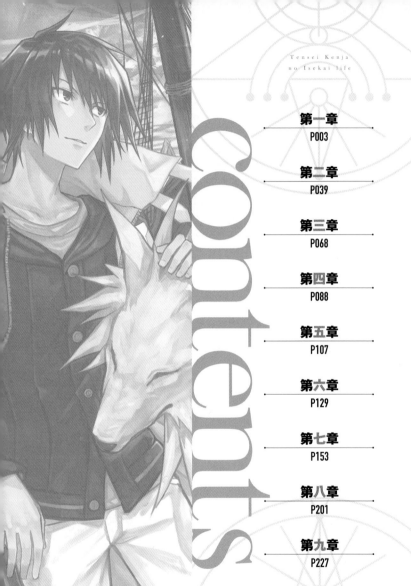

転生賢者の異世界ライフ

～第二の職業を得て、世界最強になりました～

9

Author
進行諸島
Illustration
風花風花

Tensei Kenja
no Isekai life

第一章

chapter 01

Tensei Kenja no Isekai life

「これは、ギルドに報告する必要がありそうだな……」

呪《のろ》いが解けて元に戻ったプラウド・ウルフを見ながら、俺《おれ》はそう呟《つぶや》く。

プラウド・ウルフがここに来てから、たった1時間。

その短時間でプラウド・ウルフは呪いにかかり、通常ではあり得ない勇敢さを得た。

勇敢といえば聞こえはいいが……これが普通の、人間に敵対している魔物だった場合、人間にとって大きな脅威《きょうい》だ。

ただでさえ強い魔物が多い島だというのに、さらに強化されたりしたら、その危険性は計《はか》り知れない。

ギルドが『魔物の異変』に関して調査依頼を出したのが、俺がこの島に来た理由だったが……あれは変異ではなく、呪いにかかった魔物だったというわけだ。

呪いによって姿の変わった魔物を『変異種』などと呼んでいるあたり、ギルドはまだ魔物の異変が呪いによるものだとは気付いていないようだ。

まさか依頼を受けるより前に、原因が分かってしまうとは思わなかったが……テイマーと相性《あいしょう》がいい依頼だったようだ。

『とりあえず、最低でも10匹の集団で行動するようにしてくれ。近くにいる仲間の様子がおかしかったら、すぐに伝えてほしい』

『了解ッス！』

『わかったー！』

幸い、この呪いは解呪《かいじゅ》魔法で簡単に解けるようだ。

俺がテイムした魔物に関しては、呪いにかかるたびに解呪すれば大丈夫だろう。

頻繁《ひんぱん》に呪いがかかるようだと、睡眠時間はとれそうにないが……何日かの徹夜なら問題ない。

解呪の合間で仮眠が取れるだけ、前世よりまだホワイトなくらいだし。

『あとスラバード、さっき倒した魔物を持ったスライムを、こっちに運んできてくれ。ギルドへの報告に使いたい』

『わかった～！』

そう言ってスラバードが、スライムを持って俺のほうへと飛び始めた。
これで、魔物自体の報告は問題なさそうだな。
変異に関しては、呪いが原因だということ以外何も分かっていないので、まだ調査を続ける必要がありそうだが。

◇

「見えたぞ！　港だ！」

プラウド・ウルフの呪いを解いてから少し後。
パーティーのメンバーと共に森を走っていた俺は、ようやく港へと辿《たど》り着いた。

船は1日に2回——およそ12時間間隔でしか着かないはずなので、乗り遅れてしまうと大変らしい。

「おう、早かったな、お前らも撤退か？」

「気にすることないさ。このところ変異種のせいで、ろくに採掘できないことが多いんだ」

俺たちのパーティーのリーダー、ブレイザーの顔を見て、先に港へと着いていた冒険者たちが声をかけてきた。

まだ船が着いてから6時間も経《た》っていないはずだが、船で見た顔のほとんどが港にいるようだ。

俺たちを見る冒険者の中には、嬉《うれ》しそうな表情の者と、悔《くや》しそうな表情の者がいる。

話しかけてきたのは主《おも》に、嬉しそうな冒険者たちのほうだ。

「いや、上手《うま》くいったよ。……ほとんどユージのおかげだけどな」

「上手くいったって……まさかこの短時間で『地母神《ちぼしん》の涙』を採掘して、持って帰ってきたっていうのか？」

「ああ。……まあ、勘違いするのも無理はないな。まともに採掘して戻ってきたとなったら、普通こんな時間じゃ済まない」

そう言ってブレイザーが、ポケットから小さな『地母神の涙』の欠片《かけら》を取り出す。

採掘した『地母神の涙』のほとんどはスライムが持っているのだが、荷物を運ぶスライムの負担を少しでも軽減したいというブレイザーの申し出で、パーティーのメンバーも『地母神の涙』を少しずつ持っているのだ。

まあ、別に荷物が多くなったところで、スライムの負担が増えるわけではないのだが……自分で持つと言うのには、もし何らかの理由でスライムが迷子になったり、倒されてしまった時に備《そな》えてという理由もあるのだろうな。

幸いなことに、俺がテイムしたスライムたちが労働災害に遭《あ》ったことは、1度もないのだが。

「マジかよ……その『地母神の涙』、2キロはあるじゃないか。大収穫だな……」

話しかけてきた冒険者は、そう言って悔しそうな顔をした。

なんというか、単純に『ライバルに先を越されて悔しい』といった程度の悔しがり方ではないような気がする。

よく見てみると、似たような表情をしている冒険者は何人かいた。

「おい、それで全部なのか？」

代わりに話しかけてきたのは、先ほどまで悔しそうな顔をしていた冒険者の1人だ。

その表情には、期待感のようなものが浮かんでいる。

「いや……全部ではないな。ここで出すわけにはいかないが、大収穫と言っていいのは確かだ」

男の質問に、ブレイザーはそう答えを返す。

俺たちの収穫に随分《ずいぶん》と興味津々《きょうみしんしん》な冒険者が多いようだが……何となく、理由の想像がついてきた。

「50キロは超えたか？　それだけでいい」

ブレイザーの言葉に、なおも冒険者は食い下がった。

盗難などの危険もある以上、収穫をあまり詳《くわ》しく教えるのも考えものなのだが……まあ、この島の冒険者は全員が知り合いなので、あまり問題はないのかもしれない。

仮に泥棒がいたとしても、見つかったら大勢の冒険者に袋叩《ふくろだた》きにされるわけだし。

などと考えていると……。

「まさか、そんな大穴に賭《か》けたのか……？」

ブレイザーが、呆《あき》れたような顔でそう呟いた。

「……バレたか」

そう言って冒険者は、背後にあった黒板のようなものを指《さ》した。

黒板の左上には『本日の注意事項』だの『帰還者名簿』だのといった、事務的な内容が書かれているが……どうやら黒板の面積に対して書く内容は多くないらしく、黒板のほとんどは空きスペースとなっていた。

冒険者たちが俺たちの収穫に興味を持っていた理由は、その空きスペースに書かれていた。


『ブレイザーパーティー（ユージ含む、全員の合計）の収穫　1口10万チコル』


黒板にはこう題された表がでかでかと書かれていて、表には口数と人物の名前が書かれている。

一番多いのが『収穫ゼロ』で、その次が『2キロ以下』。その後もいくつかの区分があり、最も大きい区分は『50キロ以上』だ。

ちなみに少ない収穫量ほど人気で、一番人気がないのは『50キロ以上』のようだ。というか1人（ミーカスという男らしい）しか賭けていない。

表を見るだけで、これが何の目的で作られた表なのかは簡単に分かる。ギャンブルだ。

どうやら先に帰ってきた冒険者たちは、俺たちがどんな成果を持ち帰るかで、賭けをしていたらしい。

「……随分と集まったもんだな」

表を見てブレイザーが、ニヤリと笑う。

書かれた名前……つまり賭けに参加した冒険者の数は、20人近い。

何口も賭けたり、『収穫ゼロ』と『2キロ以下』の両方に賭けたりしている冒険者もいるので、合計の口数では100口を超えるだろう。

つまり俺たちの収穫には、1000万チコル以上の金が賭けられていたというわけだ。

「どんな闇《やみ》カジノだよ……」

このギャンブル、暇《ひま》つぶしの賭けってレベルじゃないぞ。

10万チコルって、日本人の感覚でいう10万円と同じか、それより高いくらいだからな……。

道理で、みんな俺たちの収穫に興味津々なわけだ。

しかし10万チコルを気軽に賭けられてしまうのが、この島の景気のよさの証《あかし》かもしれないな。

冒険者は元々、危険と引き換えに高い報酬を手にするような仕事だが……その中でもイビルドミナス島は別格のようだ。

などと考えていると、ブレイザーが口を開いた。

「ユージ、結果が分かるだけの量を、見せてやってくれないか？」

「分かった」

俺はそう言って、背中に手を回す。

とは言っても、別に背中に何かあるわけではないのだが。

『50キロくらいの塊《かたまり》を頼む』

『わかったー！』

俺は背後に人がいないことを確認して、スライムと言葉を交わす。

するとスライムが『スライム収納』から『地母神の涙』を取り出し、俺に手渡してくれた。

50キロもの塊だけあって、ずっしりと重い。

というか……この世界に来る前の俺なら、まず持てなかっただろう。

『地母神の涙』は密度が高いので、重さの割に小さいのだが。


「これでいいか?」


そう言って俺は、スライムから受け取った塊を見せる。

この大きさでもかなりの大金になるはずだし、本来は盗難などに警戒しなければならないものなのかもしれないが……持って帰ってきた『地母神の涙』、多分1トン以上あるんだよな。

なにしろ巨大な塊を砕き、片《かた》っ端《ぱし》から『スライム収納』に詰めるだけなのだ。

魔物がいる森の中を歩いて持って帰ってくる冒険者たちが聞いたら、暴動が起こるレベルの便利さだろう。

賭けの一番上が『50キロ以上』になっているのを見る限り……スライム収納なしでは、1パーティーで50キロを持って帰るのさえ至難《しなん》の業《わざ》のようだが。

「ああ。これで分かっただろう？　……ミーカス、お前の1人勝ちだ」

そう言ってブレイザーが、俺たちに収穫を聞いた男に向かって、にやりとした笑みを浮かべた。

どうやら『50キロ以上』に賭けたミーカスというのは、彼のことだったようだ。

「よっしゃぁ！　信じてたぜ、ユージ！　一撃1000万の大穴だ！」

ブレイザーの言葉を聞いて、ミーカスは快哉《かいさい》を上げた。

1000万チコル以上の賭け金は、彼の総取りになったようだ。

「そこはリーダーの俺じゃないのかよ……」

「実はキリアの冒険者に、何人か知り合いがいてな。ユージって冒険者はヤバいって聞いてたんだ」

「あっ、ズリぃ！」

「情報収集はギャンブルの基本だろ！　……これはもらってくぜ！」

そんな会話をしつつも、ミーカスは黒板の前に置かれていた袋を受け取った。

持ち上げた時の音からすると、恐らく賭け金が入っているのだろう。

「ありがとよ！　……祝儀《しゅうぎ》だ、受け取っといてくれ！」

ミーカスはそう言って袋に手を突っ込み、俺たちに金貨を差し出した。

勝ち分のお裾分《すそわ》けということのようだ。

「……いいのか？」

「ああ。お前たちのおかげで勝てたんだ。……まあ、その『地母神の涙』に比べればちっぽけな勝ちだけどな」

そう言ってミーカスが、俺たちに金貨を押しつける。

まあ、くれるというなら、ありがたく受け取っておくか。

金には困っていないが、あっても邪魔にはならないしな。

◇

「しかし、まさか50キロ超えとはな……。変異種が出始めてからは、初めての50キロ超えパーティーじゃないか？」

「俺が知る限りは初めてだな。初めて島に来た奴《やつ》を仲間に入れたって聞いた時には、何を血迷ったのかと思ったが……ブレイザーの目は確かだったみたいだ」

「いや……残念ながら、俺の目は節穴だったよ。確かにユージが強いとは思ってたが、あそこまでヤバいとは思わなかった……」

港に着いてから、数十分が経過した頃《ころ》。

特にやることもないので、冒険者たちが雑談をするのを眺めていると……肩に乗せたスライムが、俺に話しかけた。

『ゆーじー！　魔物が来たよー！』

『こっち、近付いてるよー！』

どうやら魔物が接近しているようだ。
港の近くでも魔物がいるという話は、本当だったようだな。

「この港に魔物が近付いてるみたいだ。どうする？」

「魔物……？」

俺の言葉を聞いて、数人の冒険者があたりを見回す。
武器を構えて、いつでも戦える態勢になった冒険者たちもいる。
まだ魔物までは結構な距離があるが、魔物たちは真っ直《ま》ぐ《す》こちらへ向かってきている。
この調子だと、あと10分とせずに俺たちの元へ辿り着くだろう。

「……見当たらないみたいだが」

「ああ。勘違いみたいだな。……だが、周囲に気を張るのはいいことだ。何か異変を見つけたら、まずは報告してくれ」

冒険者がそう言って、元の待機態勢に戻ろうとする。

だが……ブレイザーが口を開いた。

「全員、警戒を続けてくれ。魔物はいるぞ」

「……どこにいるんだ?」

「分からん。だがユージが言うってことは、魔物はいるってことだ。……ユージの索敵《さくてき》能力の凄《すさ》まじさは、今日1日で十分に体感したからな」

その言葉を聞いて、冒険者たちは武器を構え直した。

だが、冒険者のうち半分以上は、納得のいっていないような顔だ。

「まあ、信じられない気持ちは分かるさ。俺だって、この島の中でも上位に入る索敵能力を持っている自覚はある。俺の索敵に引っかからない魔物なんか、他の奴に見つけられるわけないってな」

ブレイザーの言葉に、冒険者のうち5人が頷《うなず》く。

その多くは俺が魔物の接近を報告した時、武器を構えるより先に周囲を見回した者たちだ。

恐らく彼らが、索敵を得意とする冒険者たちなのだろう。

彼らの様子を見て、ブレイザーがニヤリと笑う。

「そんなに索敵に自信があるなら、賭けてみようぜ。10万でどうだ？　……腕に自信があるなら、降りるなんて言わないよな？」

ブレイザーはそう、挑発的に宣言する。

冒険者たちはその言葉を聞いて、周囲を見回し……。

『「その賭け、乗った！」』

一斉《いっせい》に、口を開いた。

どうやら賭けは成立のようだ。

「さて……ユージ、魔物はどのくらいの距離だ？」

賭けに乗った冒険者たちの顔を見回して、ブレイザーが俺に尋ねる。

５人もカモがやってきただけあって、ホクホク顔だ。

「このペースで来れば、あと5分くらいだな。狼《おおかみ》の魔物だ」

「と、いうことらしい。まあ、俺たちの索敵能力でもすぐに分かるようになるだろうよ」

そう言ってブレイザーは、周囲を見回す態勢に戻った。

他の冒険者たちも同様だ。

俺とブレイザーの見立てが間違っていたことを確認すべく、あたりに気を配り続ける。

そして……。

「あっ！」

1人の冒険者が、斜め前方を指して叫《さけ》んだ。

それを見て、他の冒険者たち（ブレイザーも含む）が、同じ方向に目を凝《こ》らし——口を開いた。

「斜め前方、ドミナス・ウルフが6体！」

「クソ、マジでいるのかよ……」

「賭けは俺の勝ちみたいだな。……できればユージの次に見つけるのは、俺がよかったんだが」

ブレイザーがそう言って、悔しそうな顔をする。

どうやら俺以外の冒険者とも、索敵能力で張り合うつもりだったようだ。

「……ま、まあ実戦で大事なのは、遠距離索敵より中距離を取りこぼしなく索敵する能力だからな。あんな遠くの敵を見つけなきゃならない状況なんて、滅多《めった》にないはずだ」

「確かにそうだが……見つけられるに越したことはないだろ。敵が来るタイミングが少し早く分かれば、どんなに便利なことか……」

「っていうか、ユージが見つけたって言ってから5分以上経ってるよな？　あいつ、どれだけ遠くから見つけてたんだ……」

口々にそう話しながらも、冒険者たちは油断なく武器を構えて魔物のほうを見る。

まだ、俺自身の目では見えないような距離だが……彼らは自力で魔物を見ているようだ。

自力での索敵能力は、この冒険者たちも超人的だな……。

「港が魔物に襲われるのって、よくあることなのか？」

「ああ。港を造るのに使った材料の関係で、魔物に狙《ねら》われやすいらしいぞ。船を待っている時以外でも、港を守るためだけに何人か常駐してるくらいだ」

「……そこのあたりにも、補修した跡《あと》があるだろ。そこは昔、魔物に壊された場所だ。……戦闘の余波《よは》とかじゃなくて、港自体を壊しに向かってくるらしいぞ。……一体、どんな材料で造ったんだか」

なるほど。

いくら感覚の鋭い魔物でも、あの距離から俺たちを見つけて向かってくるのには驚いたが……まさか、港自体が魔物の標的だったとはな。

もし魔物が知能を持っているのであれば、邪魔な人間たちが入ってくる港を敵視するのは分かる。

だが……そんな知能を、魔物が持っているとも思えない。

……使った材料だけが理由で魔物に狙われるとしたら、どうしてそんな材料を使ったのか、少し気になるな。
まあ、魔物だらけの島に港を建設するのはとんでもない難工事だろうし、魔物に狙われるデメリットを押してでも使いたいほど便利な理由があったのかもしれないが。
などと考えているうちに、魔物が目視できる距離まで近付いてきた。

「行くぞ！　人数が多いからって油断するな！」

「分かってる！」

そう話しながら、冒険者たちが次々にドミナス・ウルフへと突撃していく。
いくら6匹の群れとはいっても、3倍以上の人数が相手ではどうしようもない。
ドミナス・ウルフの群れは、冒険者たちによってあっという間に全滅させられた。

「……まあ、変異種がいなければこんなもんか」

「港なら、挟み撃ちを受ける心配もないしな。森に比べればずっと楽だ」

冒険者たちは倒した魔物をテキパキと処理すると、元の待機態勢に戻った。

そのうち数名は、眼光鋭く森に目を光らせている。

ギャンブルなどで暇を潰《つぶ》しつつも、油断はしていないようだ。

しかし……船が着くまでまだ何時間もあるのに、ずっとここで待機なんだな。

この島の依頼はある意味、待つのも仕事なのかもしれない。

◇

それから数時間後。

1人の冒険者が、海のほうを見て呟いた。

「そろそろ船が着く頃だな。やっと帰れる……」

「変異種が出てから、警戒の負担が半端《はんぱ》じゃないんだよな……。その上、今日も収穫ゼロときた」

「だよな……。今日はまだマシなほうみたいだけどな」

そう言って冒険者たちが、あたりを見回す。

俺たちが来た頃は20人ほどだった港には、今では30人近くの冒険者が集まっていた。

後から港に来た冒険者たちは、『地母神の涙』を持って帰ってこられたようだ。

逆に言えば、俺たちより先に港に着いていた冒険者たちは、早々に『地母神の涙』の回収を諦《あきら》めて、帰ってきたってわけだな。


この島に来ている時点で、冒険者としては精鋭のはずだ。

そんな彼らが、何の収穫もなく帰ってくる理由というのは、少し気になるな。

ただ敵が強いというだけの理由で諦めるなら、最初からこの島には来ないような気がするし。

「そういえば、撤退が多いって言ってたが……撤退の基準とかは決まってるのか？」

「いや、特に決まってはいないから、普通の依頼の時と同じだぞ」

「普通の依頼通り……？」

「ああ。普通に、魔法使いの残り魔力が減ってきたら撤退する。弓使いの矢も消耗品だが、魔力のほうがなくなりやすいからな」

俺の質問にブレイザーは『何を当たり前のことを』とでも言いたげな顔で答えた。

どうやらイビルドミナス島の冒険者にとって、これは常識だったようだ。

いや、この言い方だと……冒険者の常識なのかもしれない。俺は知らなかったが。

「なるほど……そういうことだったか」

「そういうことって……逆に今まで、何を基準に撤退してたんだ？」

「暗くなってきたり、目的を達成したりだな」

……と言ってから気付いたが、よく考えると今までに、依頼の途中で撤退したケース自体がほとんどないんだよな。

ルイジア・ライノの依頼の時には依頼の途中で街に帰ったことはあるが、あれはスライムがすでに『依頼のエリアに目的の魔物がいない』のを調べた後だったので、普通の撤退とはちょっと違う気がする。

あの時は、目的が果たせないのを最初から分かっていても、『仕事をしている感』を出すために残業していたようなものだ。

残業代は出ないのに。

……あ、それは前世の世界でも同じか。

そもそもテイムしている魔物たちが、あまりにも便利すぎるのだ。

魔物との戦闘が1日中続くようなことはないから、依頼された任務に時間がかかるとしたら、その前の段階……魔物のいる区域に移動したり、魔物を探したりする時間だろう。

スライムの大集団を送り込めば魔物探しはあっという間だし、移動は移動でプラウド・ウルフに乗れば速い。

特に、魔物防具をつけたプラウド・ウルフは、地形問わず走れるスポーツカーのようなものだ。

もっと速さが欲しければ、エンシェント・ライノに乗るという手もある。

その場合、交通事故には気をつけなければならないが。

下手《へた》をすると、魔物と出会う前にあの世行きだ。

「あ、あれだけの魔法を使ってて、魔力切れでの撤退はないのかよ……」

「魔力切れになったことは、何度かあるけどな……」

俺が魔力切れになるのは大体『終焉《しゅうえん》の業火《ごうか》』だの『永久凍土《えいきゅうとうど》の呪詛《じゅそ》』だのといった魔法を使った場合なので、そもそもギルドの依頼がどうとかいう段階じゃなくなってるのが基本だからな。

焼かれた魔物は死体すら残らないので、討伐《とうばつ》証明もできないし。

「化け物にも程がある……道理でギルドが、未経験者に単独許可証を出したわけだな。経験のないままイビルドミナス島に放《ほう》り込んでも、ビクともしないってわけだ。……マジで俺たちは何もしないいまま、『地母神の涙』の回収が進んでいったからな……」

「いや、俺1人だったら、苦労したと思うんだが……」

スライム人海戦術は確かに採取依頼に向いているが、流石《さすが》に経験者の案内に比べれば、探す手間の分だけ時間がかかる。

しかもイビルドミナス島は大量の植物に覆《おお》われていて、スラバードの航空偵察にも向いていないのだ。

あと、採掘の知識もなかったしな。

下手をすれば、見た目とは比べものにならないほど重い『地母神の涙』の下敷きになって、深刻な労働災害に遭っていたかもしれない。

「苦労って、何をだ？　索敵も討伐も採掘も、全部1人でこなすのに……」

「俺1人だったら、『地母神の涙』がどこにあるのか分からなかったぞ」

「……『地母神の涙』なんて、島をちょっと奥に入ればいくらでもあるぞ……。砕いて持って帰るのが大変なのであって、見つけるのが大変なものじゃないからな……」

そんな話をしていると……海のほうから、汽笛の音が聞こえてきた。

海を見ると、遠くのほうに見覚えのある船が浮かんでいる。

「おっと、迎えが来たみたいだな。乗り遅れると大変だから、気をつけろよ。……初めてだと、たまに海に落ちる奴がいるんだ」

「……海に落ちた奴って、どうするんだ？」

「この島の岸壁《がんぺき》に、長い停泊はできないぜ。棒くらいは下ろすから、捕《つか》まって上がってくるしかないが……よじ登る腕力がなかったらアウトだな。体は鍛えておけよ」

いや、今さら『体を鍛えろ』とか言われても、手遅れなんだが。

この船の中で一番体格がよくないのって、間違いなく俺だし。

……いざという時には、結界魔法を足場にして戻ってくればいいか。

もしその間に置いていかれてしまったら、とりあえず島に上がって、次の船を待つ羽目になりそうだが。

「まあ、今まで落ちて死んだ奴はいないから安心しろ。海に落ちたくらいで死ぬような奴に、この島の上陸許可証は出ない」

「そうか……」

記念すべき第1号になってしまわないように、気をつけないとな。

などと考えているうちに、船が近付いてきた。

それを見てブレイザーが……岸壁から少し離れた場所に引かれた、1本の線の後ろへと移動した。

「下船する奴が先だから、一旦《いったん》ここで待機だ。日によっては船まで結構な距離があるから、乗る時にはしっかり助走をつけるんだぞ」

「わ、分かった」

うん。

やはりパーティーに入っておいて正解だったな。

もし単独で島に挑《いど》んでいたら、ちゃんと作法に従って船に乗れる自信はなかった。

などと考えていると、船から１本の旗《はた》が上がった。

それと同時に、船から次々と冒険者が飛び出してきて、岸壁へと着地する。

着地ラッシュは、たった10秒ほどで収まった。

「下船は完了です！　乗船を開始してください！」

下船が終わったところで、すかさずギルド職員がそう叫んだ。

その声を聞いて、今度は乗船組が動き出す。

「いくぞ、ユージ！」

そう言ってブレイザーは、全力疾走《しっそう》で船のほうへと駆《か》けていった。

他の冒険者たちも、同じタイミングで一斉に走り出す。
まるで徒競走でも見ているみたいだな。

などと考えている場合ではない。
船に乗らなければならないのは、俺も同じだ。
俺は他の冒険者たちより劣《おと》るであろう脚力《きゃくりょく》を駆使《くし》して、船へと駆け寄る。

船と岸壁の間にできた隙間《すきま》は、決して小さいとは言えない。
ジャンプの飛距離が足りなければ、そのまま海へ真《ま》っ逆《さか》さまというわけだ。
走り幅跳びは学生時代に何度かやったことはあるが、命がけの走り幅跳びというのは初めてだな。

などと考えつつ俺は、岸壁の端で踏み切り――

「対物理結界」

結界の上を走って、船へと辿り着いた。

よく考えてみると……別に『死の走り幅跳び』などやる必要はなかったのだ。

魔法転送はともかく、魔法を使えること自体は、ここでは隠していないしな。

「おっ、無事に乗れたみたいだな」

「ああ。せっかく『地母神の涙』をここまで運んできたのに、海に落ちたら台無しだからな」

「違いねえ。……じゃあ、早速報告に行くか。全員揃《そろ》ってるな」

そう言ってブレイザーがパーティーの3人……バルド、エリア、ジエスを見回す。

どうやら走り幅跳びに失敗した者はいないらしく、船には全員揃っていた。

「ああ。了解だ」

「ここまで何もしないまま大収穫ってのは、初めてだな……」

「……早く、報告した時の支部長の顔が見たいな。……まあ、やったのはユージなんだけど」

そんなことを話しつつ、俺たちは船室にあるギルド支部へと移動した。

そういえば『地母神の涙』って、１グラムでもかなりの値段がついていたはずだが……今日の収穫は、一体いくらになるのだろう。

大雑把《おおざっぱ》な額は暗算できないこともないが……何度やっても、計算ミスみたいな金額しか出てこないんだよな。

それから少し後。
俺《おれ》たちは依頼の成果を報告するために、船内のギルドへと来ていた。
船に乗ったまま依頼の報告ができるのは、この島の便利なところだな。

「依頼の報告をしたい。『地母神《ちぼしん》の涙』の回収依頼だ」

窓口で、ブレイザーが受付嬢にそう告《つ》げた。
それを聞いて受付嬢が、ブレイザーに尋ね返す。

「『地母神の涙』の回収依頼ですね。順番の希望などはありますか？」

順番……？
依頼達成に、順番が何か関係あるのだろうか。

そう俺が疑問に思っていると、ブレイザーが答えた。

「……量が多いから、できれば最後に回してほしい。後がつかえる可能性がある」

「分かりました。では最後にお呼びしますので、声の届くところでお待ちください」

「ああ」

そう言ってブレイザーは、窓口を離れた。

俺はその様子を見て、ブレイザーに声をかける。

「この依頼を受けるのは初めてだから、よく分からないんだが……順番って何だ？」

「『地母神の涙』の計量の順番だ。普通のギルドで使う天秤《てんびん》だと、精度がよくないからな。『地母神の涙』専用の、高精度な天秤がある。……それと、不純物を取《と》り除《のぞ》く必要もあるしな」

「……なるほど、それで時間がかかるわけか」

「ああ。特に、量が多いと大変なんだ。だから後に回してもらった」


そう言ってブレイザーは、部屋の隅《すみ》にあった椅子《いす》に座った。

どうやら、しばらくここで待つようだ。

◇

それから1時間ほど後。

他の冒険者たちの計量が終わり、俺たちのパーティーが呼ばれる順番になった。

「ブレイザーさんのパーティー、計量をお願いします！」

「……今日は早かったな」

「『地母神の涙』を持って帰れたパーティーが少なかったんだろ。持って帰れた奴《やつ》らも、少量みたいだったしな」

ブレイザーとジエスが、そう呟《つぶや》きながら立ち上がった。

1時間でも短いほうなのか……。

日によっては、ここで何時間も待つ羽目になるのかもしれないな。

まあ、その場合は何か別のシステムがあるのかもしれないが……。

そんなことを考えつつ俺はブレイザーの後について『計量室』と書かれた部屋に入る。

他の部屋と違い、計量室にはとても頑丈《がんじょう》そうな、金属製の扉がついている。

なんというか……銀行の金庫みたいだ。

部屋の中央には、こちらも頑丈そうな金属製の机と、大きな天秤が置かれている。

この天秤を使って、『地母神の涙』の重さを量るということだな。

「そういえば、ユージはここに来るのが初めてだったな。……初めてこの部屋を見た冒険者は、驚くことが多いんだ」

部屋に入った俺に声をかけたのは、ロイアルド支部長だ。

どうやら『地母神の涙』の計量には、支部長本人も立ち会うらしい。

部屋の中には、思ったより沢山の人がいた。

まずは、書類机の前に座った受付嬢……恐らく、計量結果を記録する係といったところだろう。

そして……大きな天秤の前には、手袋をつけた初老の男が座っている。

ここまでは、計量に必要なメンバーということで理解できる。

だが、部屋の中で最も人目を引くのは……部屋の左右に4人ずつ並んだ、屈強なギルド職員たちだろう。

明らかに元冒険者と思《おぼ》しき、歴戦といった雰囲気のギルド職員たちが、部屋の中に目を光らせている。

恐らくこれは、防犯対策だろうな。

……この警備体制を見ていると、王国にとって『地母神の涙』がどれだけ重要な物資なのかが分かる気がする。

「別に、閉じ込めたりする気はないから安心してほしい。計量の時には、部屋を閉鎖するのが決まりなんだ」

支部長の言葉とともに、扉に頑丈そうな閂《かんぬき》が下ろされた。

それを確認して、ブレイザーが『地母神の涙』を取り出す。

「まずは、これを頼む。……ユージ以外が持ってる分は、全部量ってもらおう」

そう言ってブレイザーが、机に『地母神の涙』を置いた。

大きさは拳大《こぶしだい》より小さいくらいだが……これでも2キロほどはあるはずだ。

「分かった」

「了解！」

そう言って残りの3人も、机の上に『地母神の涙』を置く。

置かれたものの大きさを見て、支部長が目を輝かせた。

「……全部で7キロはあるじゃないか。最後に回させただけあって、大収穫だな」

この様子だと、賭《か》けに参加したメンバーからは話を聞いていないようだな。

まあ、賭けに参加していたのは採取に失敗したパーティーのメンバーばかりなので、話す機会自体がなかったのかもしれないが。

などと考えていると、天秤の前に座っていた男が石の1つを取り上げ、その表面を小さなハケで掃《はら》い始めた。

「ルミヌ、ちょっとは雑にやってもいいんだぞ」

「悪いが、手は抜かん。不純物を徹底的に取り除くのが、私の仕事だ」

ブレイザーの言葉に、天秤の前の男（ルミヌという名前らしい）がそう答えた。

俺たちが持ってきた『地母神の涙』は、森から採ってきたままだからな。

表面などに土がついていることもあるから、こうやって落としていくというわけだ。

なにしろ『地母神の涙』は、下手《へた》をすれば純金より高価な物質だからな。

土が少し混ざっていただけでも、大問題ということなのだろう。

持ち帰った『地母神の涙』を1つ1つチェックするとなれば、時間がかかるのも無理はないな。


「……この断面は……旧式のツルハシを使ったか？」


ハケを動かす手を止めないまま、ルミヌがそう呟いた。

多分、俺が砕いた『地母神の涙』だな。

他のメンバーは軽量化されたピッケルを使って採掘していたのだが、俺は初心者なので、力任せでも何とかなりそうな大きくて重いツルハシを持っていったのだ。

「ああ。初心者だから扱いやすいものがいいと思って、旧式を持っていったんだ」

「嘘《うそ》をつくな。初心者がやって、こんな割れ方をするわけないだろう。……もしかして、鉱山か何かで働いてたのか？」

「全《まった》くの未経験だ」

「……本当のことを言う気はないってわけか。まあいい。冒険者の過去を詮索《せんさく》しないのは、ギルドの方針だからな」

いや、本当に未経験なのだが……。

俺は採掘関連のスキルなど持っていないが、薪割《まきわ》りの時と同じように『超級戦闘術』あたりが仕事をしたのだろうか。

薪割りや鉱石の採掘は、明らかに『戦闘』ではないのだが……武器のようなものを振り回す作業であれば、何にでも効果を発揮するのかもしれない。

そんなことを考えている間に、ルミヌがハケを置いた。

どうやらブレイザーたちの『地母神の涙』の、土落としが終わったようだ。

「まあ、これでいいだろう」

ルミヌはそう言って天秤の片側に『地母神の涙』を置き、反対側に大きな分銅《ふんどう》を置いた。

分銅は円形で、日本で見たのとはだいぶ形が違うが……表面に重さが書いてあるのは、中学校の理科の授業などで使ったのと同じだな。


ルミヌは天秤が傾《かたむ》かないように手で止めたまま、分銅をどんどん載せていく。

銅の密度は『地母神の涙』の10分の1もないため、分銅のほうがだいぶ大きいようだ。

そして最後に、「1グラム」と書かれた小さな分銅をいくつか載せたところで、ルミヌが天秤から手を離した。


すると……天秤がゆっくりと、『地母神の涙』のほうに傾いた。

どうやら『地母神の涙』のほうが、少しだけ重かったようだ。


「あと0・3グラムってとこか」


そう言ってルミヌが「0・3グラム」と書かれた、小さな板状の分銅を天秤に載せる。

すると天秤は、ピタリと釣り合った。

「７０５４・３グラムだ」

「はい！」

受付嬢はルミヌの言葉を聞いて、紙に『７０５４・３』と書き込む。
それを確認してからルミヌは『計量済み』と書かれた箱に『地母神の涙』を置いた。

「さて……後はユージだな。他の支部長たちから、ユージの輸送能力の噂《うわさ》は聞いてるが……確か、スライムに食わせるんだったか？」

「ああ。食ってるわけじゃないが、スライムが収納してくれている」

そう言って俺は、いつも通りにスライムに声をかけようとして……途中で止めた。
スライムたちが収納した『地母神の涙』の量は、ちゃんと量ったわけではないが……恐らく1トンを超えるだろう。

今俺たちがいるのは、船の上だ。

軽率に全部出したりすると、大惨事《だいさんじ》を招くかもしれない。

1トンとは言っても、せいぜい冒険者10人分くらいだが……その重さが一瞬で船上に現れたりしたら、船が傾いたりバランスを崩したりする可能性はありそうだ。

うっかり落としたら、船底に穴くらいは開いてもおかしくないしな。

「一度に全部出すのは危ないかもしれないから、少しずつでいいか？」

「危ないって、どういうことだ？」

「船底に穴が開いたり、船が傾いたりするかもしれない」

「……ユージって、冗談も言えるタイプだったんだな。真面目《まじめ》そうな性格だと、他の支部長から聞いていたんだが」

俺の言葉を聞いて、支部長が愉快《ゆかい》そうに笑う。

どうやら支部長は、俺が軽快なジョークを飛ばしたと思ったようだ。

真面目に言っているのだが……。

などと考えていると、支部長がまた口を開いた。

「まあ、心配なら何度かに分けて出してもらっても構わない。別に1回で全部計量しなきゃいけない決まりはないからな」

「分かった」

どうやら、沈没の危機は免《まぬが》れたようだ。

まあ、スライムたちが回収した『地母神の涙』の中には重さ100キロ近いものもあるので、うっかり落としたりしないようには気をつける必要があるが。

できればもっと扱いやすい大きさで運びたかったのだが……大きいものを運んだほうが効率がいいのは確かなので、そのくらいの大きさまでは許容することにしたのだ。

『まずは小さいのから頼む。50キロくらいのでいい』

『わかったー！』

そう言ってスライムが机に登り、収納されていた『地母神の涙』を吐き出していく。

……そして、程よい量が机の上に出たところで、俺はスライムを制止する。

『ストップだ』

『はーい！』

そう言ってスライムが机から降りた後には、指先ほどの小さな『地母神の涙』が沢山転がっていた。

とても50キロもあるようには見えない量だが、『地母神の涙』は大きさの割にとても重いので、まあこんなものだろう。

「これは……50キロはあるな。全部『地母神の涙』で合ってそうか？」

「間違いなく『地母神の涙』です」

支部長の質問に、ルミヌが即答した。

それを聞いて支部長が、顔をほころばせた。

「素晴《すば》らしいな。流石《さすが》に船は傾かないが……確かに、その冗談を言うに値する量だ。この量だけで、今月ではダントツの1位だが……まだあるのか？」

「ああ。今出したのは小さい破片ばかりだから、大きい塊《かたまり》は別にある」

「それはありがたい。というか正直、助かったよ。……今月は変異種の影響で、目標未達を覚悟していたんだが……一気に目標達成までいけるかもしれない」

目標未達か……。

なんだか社畜《しゃちく》時代を思い出して、切なくなる言葉だな。

……俺たちはどんな仕事をしようと深夜まで働かされるだけなので、あまりノルマとか目標は関係なかったのだが。

まあ、受注ノルマに追われてクソみたいな仕事を取ってくる営業たちのしわ寄せを受けるのは俺たちだったので、俺たちも間接的にその被害者と言える。

……営業たちも被害者なので、彼らを責めるわけにもいかなかったのが悲しいところだ。

達成できるなら、手伝ってやりたいところだな。

「……今月の目標って、どのくらいの量なんだ？」

「300キロだ。1日10キロほど持ってきてもらえれば達成できる計算なんだが、これが難しくてな……」

なるほど。

それなら今日持ってきた分だけで、簡単に届きそうだな。

などと話す間にもルミヌはハケを動かし、小さな『地母神の涙』の破片から不純物を取り去っては、天秤で重さを量っていく。

スライムが回収してきたものの中には、爪《つめ》の先ほどの大きさしかない破片もあるが……そのような破片すら、1個1個丁寧《ていねい》に表面を掃っているものだから、作業は延々《えんえん》終わらない。

「これ、随分《ずいぶん》と時間がかかるんだな……」

「……ここまで細かい破片を大量に持ち込んだのは、ユージが初めてだな。島の中は、こんな小さい破片を拾っていられるような環境じゃないはずなんだが……一体どんな手を使ったんだ？」

「俺じゃなくて、スライムが拾ってきたんだ」

俺だって、この量を手で拾い集めるのはできれば避けたいところだ。

というか……そんなことをしていたら、俺はこの船に乗れていなかっただろう。

下手《へた》をすれば今もまだ、島の中で『地母神の涙』を拾っていたかもしれない。

◇

「５６６１２・０グラムだ。記録しておいてくれ」

「分かりました！」

計量の開始から1時間以上経《た》った頃《ころ》。
先ほど机に出した『地母神の涙』の計量が、ようやく終了した。
この部屋に呼ばれるまでにかかったのと同じくらいの時間が、先ほどの『地母神の涙』だけでかかった計算だ。

しかし……これで終わったのは、持ってきた量のうちほんの一部なんだよな。
下手をすると、計量作業の途中で船が到着してしまうような気もする。
同じことをもう1回やったら、そうなる可能性が高いだろう。

『なあ、小さい破片って、もう残ってないよな?』

『ないよー!』

『ちっちゃいの、ぜんぶ出したー!』

……どうやら、もう1回同じことをやる必要はないようだ。

俺1人で受けた依頼なら、小さい破片は提出しなければいい話なのだが……パーティーで報酬を山分けすることになっている以上、勝手に『スライム収納』の中に残しておくわけにはいかないからな。

とはいえ今度からは、拾い集める段階で『あんまり小さいのは拾わないでいいぞ』とでも指示を出しておくほうがいいかもしれないが。

「さてユージ、『地母神の涙』はまだあるんだったな？」

「ああ。ここからは大きめの塊が多くなるんだが……机とか、大丈夫か？」

「安心してくれ。この机はミスリル合金製の特注品で、耐荷重《たいかじゅう》は3トン近い設計になってる。いくら載せようとも、ビクともしないさ」

耐荷重3トン……そんなにあったのか。

それなら持ってきた『地母神の涙』を全部出しても、壊れることはなさそうだな。

この部屋で頑丈なのは、扉だけではなかったようだ。

「じゃあ、全部出してもらおう。3トンはないはずだからな」

そう言って俺は、肩に乗っていたスライムを机に乗せる。

いくら3トンの荷重に耐えるっていっても、3トン全部が勢いよく落ちたりしたら危なそうだから、ちょっと気をつける必要があるな。

『ゆっくり1個ずつ、全部出してくれ。……あんまり速いと船が沈むかもしれないから、気をつけるんだぞ』

『沈むのー!?』

『落ちるー！　……こわいー！』

俺の言葉を聞いてビビったスライムたちが、ゆっくり1個ずつ『地母神の涙』を吐き出し始めた。

なんだかゆっくりすぎる気もするが、安全第一という意味では、これでいいのかもしれない。

多少急いで出したところで、結局は計量にかかる時間のほうが長いしな。

そして……机に積まれた『地母神の涙』が増えるにつれて、支部長の表情が変わっていった。

初めは大収穫にホクホク顔だった支部長の表情は、いつの間にか驚愕《きょうがく》へと変わり……最終的には呆《あき》れのような疑いのような、よく分からない表情になっていたのだ。

「まあ、そうなるよな……」

「俺たちだって、実際に採掘の現場を見てなきゃ、支部長と同じ顔をしただろうよ」

支部長の様子を見て、ブレイザーとバルドがそう呟いた。

3人はスライムが1個100キロ近い『地母神の涙』を平然と体にしまい込むのを見ていたため、この量自体には驚いていない。

どちらかというと大変だったのは、運ぶより砕く作業のほうだったからな。

……ちなみに『地母神の涙』を、砕く前の塊ごと収納してもらう作戦は一度試したが、結局うまくはいかなかった。

どうやら『スライム収納』も、巨岩のようなサイズの『地母神の涙』まではしまえなかったらしい。

まあ、そもそも『地母神の涙』は地下までつながっている様子だった。

もしかしたら、違うタイプの……ただ地表に転がっている『地母神の涙』なら、大きいものでも収納できたのかもしれないが、今回はこんなものでいいだろう。

今回の量でも、十分多いみたいだしな。

「い、一応確認するが……これ全部、『地母神の涙』か？」

「わ……私の見立てではそうです。全《すべ》て本物かと」

ルミヌは『地母神の涙』を念入りに観察した後、そう呟いた。

1個くらいはスライムが間違って普通の石とかを入れているかもしれない……と思っていたのだが、どうやらスライムの見分けは確かだったようだ。

まあ重さが明らかに違うので、持ち上げてみれば分かる話なのだが。

「こ、これは……どうする？」

山のように積まれた『地母神の涙』を前に、支部長が呟く。
それを聞いてルミヌは、また静かにハケを手に取った。
「私の仕事は変わりません。ただ量るだけです」
そう言ってルミヌが、比較的小さい『地母神の涙』を掃い始める。
職務に忠実だな。
「……目標どころか、備蓄ができるな……」
ルミヌを見ながら、支部長が遠い目をして呟く。
確かに、目標の数ヶ月分だからな……。
……それにしても、ルミヌの仕事は丁寧だ。
数が増えようと、その手つきは一切《いっさい》変わらない。
変わらないペースで、淡々と掃い続けていく。

何が言いたいかというと……量を量るのに、凄《すさ》まじい時間がかかりそうだということだ。

先ほどまでの量……60キロにも満たない量で1時間かかったというのに、1トンを超える『地母神の涙』を相手にしようと思ったら、単純計算でも15時間以上かかる計算だ。

小さい破片が少ない分、重さの割には効率よく進むだろうが……それにしても、半日くらいはかかってしまいそうだ。


休みなしでやったら、間違いなく労働基準法違反だぞ。

まあ、この世界に労働基準法はないので、関係ないのかもしれないが。

ちなみに、俺の前世の会社にも労働基準法はなかった。日本のはずなのに。


「これ、船が着くまでに終わるのか?」

「……終わらんだろうな。だが、やりがいはある」

ルミヌは俺の問いに、当然のような顔で答えた。

まあ、予想通りの答えだ。

「計量の途中で船が着いたら、どうするんだ？」

「船に乗ったまま、作業は継続する。……計量が終わらない限り、誰《だれ》も部屋からは出られない規則だ。……冒険者を島に取り残すわけにはいかない以上、船の航行スケジュールは変えられない。……下手をすると、ユージたちにはもう1往復してもらうことになりそうだ」

そんな規則があるのか……。

途中で中断するとかの答えを期待していた部分はあったのだが……どうやら無理のようだ。

船が大陸に泊まっている間に終わればいいが、そうでなければもう1往復だな……。

それだけ厳重に管理しなければいけない物資だということかもしれないが、もう少し柔軟《じゅうなん》な仕組みでもいいような気もする。

というか、流石にその規則、例外くらいはあるよな？

恐らく、計量の途中で餓死《がし》しかねないような規則にはなっていないはずだ。

「……その規則、例外はないのか？」

俺はルミヌではなく、支部長に尋ねた。

この船の規則について一番詳《くわ》しいのは、間違いなく支部長だろうし。

「あー……すまん。実は、今の状況で使えるような例外はないんだ……」

「……そうなのか？」

「計量中に外に出ることが許されるのは、何らかの理由で測定が困難になった場合と、よほどの緊急事態……生命に関《かか》わる病気や、船自体の沈没くらいだ」

うーん。

軽い体調不良くらいでいいなら言い様は色々とあったのだが、『生命に関わる』というのはハードルが高いな。

どうやら俺たちは、この船に乗ったまま島と大陸の間をもう1往復することになりそうだ。

「何で、そんな規則にしたんだ……？」

「昔に色々と事件があって、最終的にこういう形に落ち着いたらしい。……しかし『地母神の涙』が多すぎて計量が終わらないという事態は、想定していなかった。規則を変えてもらえるように、上層部に頼んでおこう」

なるほど。
支部長の権限では変えられない規則なのか。

それなら仕方ないな。
まあ、せいぜい1回くらいの徹夜で済みそうだし、今回はよしとするか。
というか、1人の時ならこんなことをしなくても対処法がありそうだな。

「次からはできるだけ、船が着くまでに量り終わりそうな量だけスライムから取り出すことにしよう。スライムたちは、荷物を持ちっぱなしでも大丈夫だからな」

「……すまんが、規則が変わるまではそうしてくれ。……まさか、『地母神の涙』が多すぎて困るなんて日が来るとは思わなかったよ」

そう呟きながらも、支部長の顔はどこか嬉《うれ》しそうだ。

まあ、これで数ヶ月分のノルマを達成できるとなれば、支部長にとって徹夜のしがいはあるか。

などと考えつつ俺は、せっせと『地母神の涙』をハケで掃うルミヌを眺める。

その途中で……船が少し揺れて、やがて止まった。

外の状況は、この部屋からでは見られないが……機械音も止まったので、恐らく船が停止したのだろう。

「大陸に着いたみたいだな」

「そうだな……」

案の定、船が着くまでに計量は終わらなかったようだ。

これは……もう1往復することになりそうだな。

それから、およそ12時間後。

計量が終わったのは、なんと1往復した船が、また大陸に向かおうとしている頃《ころ》だった。

「10万5624グラム！　これで終わりだ！」

疲労困憊《ひろうこんぱい》といった様子のルミヌが、記録係の受付嬢にそう告《つ》げた。

目の下にクマを浮かべた受付嬢がそれを聞いて、記録用紙に記入する。

計測途中で何人か寝るかと思っていたのだが、意外にも全員起きていた。

どうやら冒険者というだけあって、体力はあるようだ。

まあ、途中で寝そうになっていた者は、何人かいたが。

「総量はいくつになった？」

「えっと……145万4613グラムです！」

145万グラム……。
要するに、1・45トンと少しってことか。
スライムが運んできた量を考えると、まあそんなものかという感じがする。

「それって、いくらになるんだ？」

「すみません支部長、流石《さすが》に金額が金額なので……計算のチェックをお願いします」

「分かった」

そう言って支部長がペンを持ち、検算を行う。
出てきた数字が受付嬢と同じものであることを確認して、支部長は頷《うなず》いた。

「報酬総額は、78億6031万2000チコルだ」

……うん。

島で大雑把《おおざっぱ》に推測した額と、大体同じだな。

大体同じだが……。


「これが1日の報酬って、おかしくないか？　まるで国家予算みたいな額だぞ」

「まるでも何も、国家予算そのものだからな。『地母神《ちぼしん》の涙』の確保は、王国の一大事業だ。……その5ヶ月分近くの目標量を一度に持ってきたとなれば、こういう額になる」


なるほど……。

国家の一大事業の5ヶ月間を、このパーティーとスライムたちが1日で補ってしまったというわけか……。

スライム収納、本当に反則的だな……。


「買い取りの金は足りるのか？」

金額を聞いて、ブレイザーがそう尋ねた。

確かに……予定の数ヶ月分の量ともなると、予算とかも大変だよな。

予備とかがあればいいが、そんな大量に予備の予算を用意しているとも思えないし。

「……正直なところ、今の予算では足りないと言わざるを得ないな。だが足りない分は、必ず用意させよう。1週間以内に確保してみせる」

「用意させるって……ギルド本部にか?」

「本部というよりは、国だな。前にも一度、予定量を大幅に超えて『地母神の涙』が採れた時があった。その時の前例があるから、申請も簡単に通るだろう」

なるほど……。

国がたった1週間で動くって、考えられない話だな……。

まあ、別に金に困っているわけではないのだが、もらえるものはもらっておこう。

変に遠慮しても、他の冒険者たちの労働環境を悪化させてしまいそうだし。

沢山働いたら、沢山報酬をもらうべきなのだ。

俺《おれ》が前世で働いていた会社は、残念ながらそう考えていなかったようだが……。

「量が多すぎても、値段が下がったりはしないのか？」

「ああ。以前に余った時には、他国に売ったみたいだな。買い手はいくらでもつくし、逆に利益《りえき》になったなんて話もある」

「……そういうものなのか」

この値段で買い取っても利益が出るのか……。

島の中に生えている植物の様子を見れば、尋常《じんじょう》ではない効果を持つ肥料だということは分かるが……末端価格がいくらになるのか、少し気になるところだ。

……実際の肥料にするのには加工が必要なのだろうし、別に利益分まで寄こせなどと言うつもりはないが、ちょっと興味はある。

などと考えていると、支部長が口を開いた。

「報酬についてだが……金額が金額だから、手渡しというのもお互いに不便だろう。家に送り届けようと思うが、それでいいか？」

確かに、普通に運ぶとなると大変だよな。

何しろ『地母神の涙』は、同じ重さの純金と対して変わらない値段なのだ。

それを１・５トン近く売ったとなれば、買取代金を金貨で受け取ったとしても、１・５トン近くなる。

パーティー５人で分けても、１人３００キロだ。

スライムがいれば問題ないが、残りの４人はかなり気合いを入れなければ、運ぶのすら大変だろう。

屈強な冒険者でなければ、持ち上げることすらできないかもしれない。

しかし……届けてくれると言われても、それはそれで困るんだよな。

なにしろ俺は、この世界に住所もなければ、故郷も実家もない。

住所不定の上に、決まった場所に留まることもないので、どこにいればいいのか分からないのだ。

他の４人が何も言わないところを見ると、彼らは自分の家があるみたいだ。

どうやら、自分で言い出さなければならないらしい。

「家がない場合は、どうすればいい？」

「家がない……？　それは、どういうことだ？」

支部長は俺の言葉を、そっくりそのまま繰り返した。

何を言っているのか理解できない……といった顔だ。

「文字通り、定住してないってことだが……」

「家じゃなくても、どこかに借りている部屋くらいはあるだろう？」

「寝る時には、宿をとるが……島に来る前にチェックアウトしてしまったから、今はないな。使わない宿を押さえておいても、もったいないだろ？」

考えてみると、冒険者の住宅事情などについては考えたことがなかったかもしれない。
俺は宿に泊まっていたし、冒険者向けの宿なども沢山あるのだから、宿に泊まるのが当たり前だと思っていたのだ。
そして、普段から宿に泊まるのが当たり前なら、別に自分の家は必要ない……だよな？

会話が噛《か》み合わない原因は、どこにあるのだろうか。
そう思案していると……支部長が口を開いた。

「確かに、家を持たない冒険者はいる。駆《か》け出《だ》しや、少し慣れてきた頃の冒険者なら普通だな」

「……だよな？」

俺はこの世界に来て、まだ1年と経《た》っていない。

当然、冒険者歴だって1年未満なのだから、『駆け出しや、少し慣れてきた頃の冒険者』の範囲に入るだろう。

「ああ。その通りだ。だが実力をつけてランクが上がった冒険者は普通、自分の家を持つ……その理由は分かるか？」

「家を買う金ができるからだよな？」

「……それも理由の1つだが、一番大きいのはそこじゃない。……冒険者として稼《かせ》いだ報酬や予備の装備、特殊な環境向けの道具まで……冒険者が使う物資はキャリアを積むほど、膨大な量になっていく。その全部を持って、宿なんて移動できるか？」

「あ、そうか」

確かに、言われてみれば……スライムたちが持ち運んでいる物資を全部収納しようと思えば、結構広い家が必要になるかもしれない。

スライムがいない場合、それを全部持ち運んで移動する羽目になるのか……。

そう考えると、冒険者が家を持つ気持ちも分かるな。

家に色々と物を置いておいて、必要なものだけ持って遠征するということだろう。

旅をせずに定住している冒険者が多いのは、そういう理由もあるのかもしれない。

「『今気付いた』って顔をしてるな……。もしかしてユージの冒険用の道具や報酬は、全部スライムが持ってたりするのか？」

「……この話は秘密で頼む。知られないほうが、何かと都合がよさそうだからな」

「わ、分かった。しかし……ユージのスライムがすごいという噂《うわさ》は聞いていたが、ここまでとは……」

支部長の感嘆する声を聞いて、スライムたちが誇《ほこ》らしげな顔をしている。

……こいつら、普段は見た目で侮《あなど》られがちだからな……。

『わーい！　ほめられたー！』

『ぼくたち、すごいー⁉』

こいつら、確かに反則的なまでの性能なんだよな……。
あと少しだけ燃費がよければ文句《もんく》なしなのだが、燃料はその辺の雑草でも大丈夫だということを考えると、燃費が問題になることも少ないし。

「なあ支部長、テイマーじゃなくても、スライムって飼えたりしないのか？」

今の会話を聞いて、ブレイザーがそう尋ねた。
その言葉に、支部長は首を横に振る。

「飼うことはできるかもしれないが、意味は薄いと思うぞ。スライムを飼っているテイマーは何人か知っているが、こんな収納能力はない」

「じゃあ、特殊なスライムだったりするのか？」

今度はブレイザーが、俺のほうを見て尋ねる。

特殊なスライム……では、ないはずだよな。

そもそも今いるスライムのほとんどは、その辺の森とかで拾ってきた奴《やつ》らだし。

森などにスライムを放《はな》しておくと、勝手に仲間を連れてくるので、どんどん増えるのだ。

「多分、普通のスライムだぞ。森とかにいるやつだ」

「……それって要するに……」

「すごいのはスライムじゃなくて、ユージのほうってことだな」

ブレイザーが、残念そうな目でスライムたちを見る。

それを見て、スライムたちが憤慨《ふんがい》した。

『えー！　ぼくたちだって、すごいよー！』

『ほら、体とか、こんなに伸びるしー！』

そう言ってスライムは変形し、精いっぱい柔軟性《じゅうなんせい》を示している……。

まあ、俺が持っている『スライム収納』が、俺とスライムどちらの性質によるものなのかは分からないのだが……無理に調べる必要もないだろう。

とはいえ、スライムが誘拐《ゆうかい》されるような可能性を考えると、収納は俺のスキルだということにしておいたほうが都合がいいのかもしれない。

……ただスライムたちを誘拐したところで、『魔法転送』の格好の的《まと》になるだけなのだが、念のためということもあるしな。

「と、とりあえずユージが家を持っていないということは分かった。スライムで運べるなら、ギルドでの受け取りで問題ないのか？」

「ああ。もし入りきらなかったら、その時に考えよう」

スライム収納の容量に、今のところ限界は見えていないからな……。

塊《かたまり》のままの『地母神の涙』が入らなかったことを考えると、全《まった》くの無条件で何でも入るというわけではなさそうだが……とりあえず、無限にすら見える容量があるのは確かだ。

家に荷物を置いておくのに比べて防犯性も高いし、しばらく家を持つことを考える必要はないだろう。

もし入りきらなくなったら、物置くらいは借りるかもしれないが。

などと思案していると、ブレイザーが口を開いた。

「後で送ってもらうとなると、ここで配分を決めなきゃならないな」

「山分けって言ってなかったか?」

パーティーに入る前の相談で、今日の報酬は山分けということになっていた。

だからこそ、解散する前に『地母神の涙』の計量を終わらせて、金額を確定させておく必要があったのだ。

そのことは全員が理解していると思っていたのだが……。

「流石にほとんどユージがやったのに、山分けってわけにはいかないだろ」

ブレイザーの言葉に、パーティーの残り3人が頷いた。
どうやら3人とも、わざわざ自分の取り分を減らしたいらしい。

前世の上司なら、むしろ何かしら難癖《なんくせ》をつけて取り分を増やそうとしただろうに……文化の違いというか、なんというか……いい世界に来てしまったものだ。
まあ、前世の世界では真竜《しんりゅう》などに滅《ほろ》ぼされるようなことはなかったので、そういう意味では平和ではあったのだが。

「でも、依頼の前に決めたよな？　それを後から変えるのは、どうなんだ……？」

「いや……あれは俺たちもそれなりに貢献できる前提で、しかも全員で50キロも持ち帰れれば大成功くらいの状況での話だ。……そもそも採掘に行っても、何の収穫もない日も多いしな」

「ああ。まさか１００キロどころか、１トン以上の『地母神の涙』を持ち帰れるなんて、想定してなかったんだ。ユージがいなきゃ絶対に無理なことだし、それなら報酬はユージが多く持って帰るべきだろ？」

ふむ……。

言ってることは分からないでもないが、あらかじめ決めたことを覆すというのは、なんとなく気が引ける。

ちょっと、支部長に聞いてみるか。

「依頼が終わった後で報酬の配分を変えるのって、よくあることなのか？」

「貢献度に大きい違いがあった場合は、そんなに珍しくないな。もちろん、報酬が減る側が言い出した場合に限るがな」

なるほど。

前例もあるということか……。

「ちなみに、減らされる側が自分で言い出した場合、普通は断らない」

……『普通そうする』と言われると、断りにくいな……。

別に、そんなに大金が必要なわけではないのだが……。

「それで、報酬はどう分けるんだ？」

「差し支えなければ、ユージが決めてくれ。俺たちがやったのって、本当に道案内くらいだからな……」

「そう言われても、相場が分からないんだよな……」

山分けにしてしまうのが簡単なのだが、それでは納得してくれないような気がする。

しかし、どのくらい配分すればいいのか……。

欲しい額を言ってくれれば、それだけ渡せば済む話なのだが。

などと俺が頭を悩ませていると、支部長が助け船を出してくれた。

「じゃあ、1人5400万チコルでどうだ？　……パーティーで50キロ持ち帰った場合、1人の取り分はこの額になる」

「3人がそれでいいなら、俺は問題ないが……」

しかし、78億もの報酬のうち5400万だけって、なんだか寂《さび》しい気持ちになりそうだ。

……本来は5400万もらえる時点で大儲《おおもう》けのはずなので、金銭感覚が麻痺《まひ》しているだけかもしれないが。

「それだけもらえるなら、もちろん大歓迎だ。50キロ……1人10キロっていったら、本当に理想的に採掘が進んだ場合だけだからな」

「俺もリーダーに従うぜ」

パーティーの全員が頷き、報酬の配分は決まった。

結果として、俺は76億チコル以上の報酬を受け取ることになるようだが……使い道が、全く思い浮かばないな。

スライムたちに毎日高級肉でも食べさせようと思えば、70億あっても足りないかもしれないが……そんなことをする前に、市場の肉が売り切れそうだし。

「では後日、報酬を渡すことにしよう。……素晴《すば》らしい成果を上げてくれたこと、本当に感謝する。『地母神の涙』の不足で大飢饉《だいききん》が起きるんじゃないかと、真剣に心配していたところだったんだ」

そう言って支部長が、深々と頭を下げる。

こうして俺たちの『地母神の涙』採集依頼は、大成功で終わった。

第四章

翌日。

大陸本土の宿で1泊した俺《おれ》は、再びイビルドミナス島行きの船に乗っていた。

下調べがてら受けた採取依頼で大変なことになってしまったが……俺は元々、『地母神《ちぼしん》の涙』の採取依頼を受けにきたわけではない。

本来の目的は、島の異変に関する調査の依頼を受けることなのだ。


この島に来る前、依頼を受けるか少し迷っていたが、結局受けることにした。

魔物の異変は呪《のろ》いだと分かったし、魔法で解呪《かいじゅ》できることも分かったからな。

変異種――呪いによって強化された魔物も、倒せないほど強いわけではなかったし、これなら調査くらいは問題なさそうだ。


そう考えつつ俺は、船の中のギルドへと来たのだが……。

俺がギルドに入った瞬間、受付嬢たちの視線が集まった気がした。

『なんか今日、ヘンだよー！』

『みんな、こっちみてるー！』

……どうやら、俺の気のせいではないようだな。

恐らく昨日の『地母神の涙』の件が、ギルド内で広まっているのだろう。

冒険者たちが普通の反応だったことを考えると、外部には隠されているようだが……流石《さすが》に国家予算レベルの金額が動くとなると、ギルド内部では隠しようがないようだ。

まあ、どこまで情報が伝わっているかは分からないが……今日受けるのは、違う依頼なんだよな。

「指名依頼を受けたいんだが」

「……指名依頼ですね。支部長を呼んできますので、少々お待ちください」

俺が依頼書を差し出すと、受付嬢はそれを受け取って奥へと引っ込んでいった。

もし支部長が『地母神の涙』の計量中だったら、延々《えんえん》と待たされることになるが……よほど長引かない限り、出航したばかりで計量中ということもないだろう。

「昨日ぶりだな、ユージ。……あれだけの大収穫の翌日にもう依頼とは、ずいぶん働き者なんだな」

「休んでいると落ち着かなくてな」

考えてみると、この世界に来てから休みらしい休みを取ったのは、何かの待ち時間くらいだけかもしれない。

まあ夜はちゃんと寝ている（ことが多い）ため、前世に比べればずっとホワイトなのだが。

雑貨店で買った寝袋はスライム収納に入っているが、オフィスの床で寝るようなこともなくなったしな。

「その勤勉さが、実力の秘訣《ひけつ》か……。まあ、まずは依頼について話したい。こっちに来てくれるか」

いや、俺のスキルとかはほとんど全部スライムと、この世界に来た時に読んだ本とかのおかげなのだが……。

そんなことを考えつつ、俺は支部長についていった。

◇

「この依頼、受けてくれる気になったのか？」

応接室に着くと、支部長はそう言って依頼書を指《さ》した。

変異種に関する調査の依頼書だが、詳細や報酬については現地で聞けと書かれている。

「ああ。昨日の依頼で、島の雰囲気は分かったからな」

「……下調べのつもりで、あの量を持ってきたのか……」

俺の言葉を聞いて支部長が、なんとも言えない感じの笑みを浮かべる。

まあ、あの依頼はスライムと相性《あいしょう》がよすぎたからな……。

もしかして、エンシェント・ライノの角をツルハシ代わりに使えば、俺自身が行く必要すらなく依頼が終わるんじゃないだろうか。

調査依頼が終わった後で、ちょっと試してみようか。

そう考えていると、支部長が口を開いた。

「そうだ、報酬の件だが、おかげで無事に予算はもらえそうだ。それどころか、余るくらいの金額が確保されることになったよ。もう1回やってもらっても大丈夫だ」

「もう1回って……そんな簡単に、70億もの額が動くのかよ……」

「まあ、『地母神の涙』はいくらあっても困らないってことだろう。元々、『地母神の涙』の生産量を増やせないかという打診は何度も来てたからな。……そんなに冒険者を確保できないということで、今まで断っていたが」

なるほど。

国にとっても、元々やってほしかったことだったってわけか。

暇《ひま》ができたときに、もう1回やってみるのも悪くないな。……計量でとても時間を取られるので、まずは調査が優先だが。

「それで……調査依頼の話だったな。依頼についてはどこまで聞いている？」

「この依頼書に書かれていること以外は、何も聞いていない。……でも、変異の原因についての手がかりは見つけたぞ」

「そうか。何も聞いていないか。……って、え⁉」

俺の言葉を聞いて、支部長は驚きの声を上げた。

まあ、ギルドがすでに把握している情報だという可能性もあるが……一応言ってみるか。

「島の魔物が変異する理由は、恐らく呪いだ。たぶん、島にいるだけでかかるタイプの呪いだな。……もう知ってる情報だったか？」

「い、いや……初めて聞く情報だ。念のため、そう考えた根拠を聞いていいか？」

「……島の中でドミナス・ウルフの変異種を見つけたんだが、解呪魔法を使ったら元に戻ったんだ。呪いだっていうのは、そこからの推測だな」

……一応、あの時に倒したドミナス・ウルフの死体は持ってきているのだが……解呪で普通の姿に戻った上、炎属性適性付きのスライムが放《はな》った『火球』で黒焦《くろこ》げになっているので、あれを見せてもなんの証拠にもならない気がする。

もうちょっと綺麗《きれい》に死体が残る魔法とかで倒しておけば、微妙な違いとかを探せたのかもしれないが。

「なるほど……貴重な情報をありがとう。島にいるだけでかかるっていうのも、その魔物からわかったのか？」

「いや、それは倒した魔物とは別だな。俺がテイムしてる魔物が呪いにかかったんだ」

「テイムした魔物……スライムがか?」

「……ああ。似たようなものだ」

……すまんスライム。また嘘《うそ》をついてしまった。

プラウド・ウルフたちを泳いで向かわせたことを伝えると問題になる可能性があるので、一旦《いったん》スライムのせいにさせてくれ。

『えー! ぼくたち、元気だよー!』

『呪いかかったの、プラウド・ウルフだよー!』

案の定、スライムたちが憤慨《ふんがい》している……。

こいつら、数がやたらと多いにもかかわらず、1匹も呪いにかかってないんだよな……。

体質的な問題なのかもしれないが、あれだけ沢山いるスライムがバラバラのタイミングで呪いにかかったりしたらあまりにも面倒なので、かからないでくれて助かった。

「ふむ……その呪いにかかったユージの魔物は、変異種と接触してはいなかったか？」

「後で戦うことにはなったが、呪いがかかったのは接触の前だな」

「なるほど……では、魔物から魔物へ伝染する類《たぐい》の代物《しろもの》ではなさそうだな。……もしそうだったら、島から魔物を持ち出すことを禁止しなければならないところだった」

俺と同じ結論だな。

島にいる限り、エンシェント・ライノとプラウド・ウルフには定期的に解呪魔法をかけておいたほうがよさそうだ。

この前の呪いは簡単に解呪できたが、あまり長期間放《ほう》っておいた場合、どうなるかは分からないからな。

「今の情報への対価は、後日算定して渡させてもらおう。……魔物サンプルの確保と違って、情報そのものへの報酬はちゃんと決まっていなかったからな。……もっとも、ユージにとって報酬はもう関係がなさそうだが……」

「もらえるなら、もらっておくぞ」

まあ、安くても文句《もんく》を言うつもりはないのだが。

俺が調査依頼を受けたのは、報酬やギルドの評価よりも、島の異変自体に興味があったという面が大きいからな。

島を離れたところで、特に今すぐやることがあるわけでもないし。

「それで、異変調査っていうのは何をやればいいんだ？」

「ああ。まず頼みたいのは、魔物のサンプル確保だな。……先ほどの情報のおかげで、変異が呪いである可能性が高いことは分かったが……その呪いの原因や影響の出方については、まだまだ情報が不足している。変異種……呪いにかかった魔物を集めて変化の内容を探るのが、今ギルドがやっている調査だ」

「……ってことは、変異種は解呪しないで倒したほうがいいんだな。それと、死体を綺麗に残せる倒し方を使うべきか」

綺麗に倒せる魔法というと、『範囲凍結・中』あたりが一番便利そうだな。

威力が足りるかどうかという問題はあるが、あれで倒せるなら一番綺麗に死体が残るのは確かだ。

「そこまで配慮しながら戦えるなら、理想的ではあるが……すでにギルドにとって、ユージは替《か》えのきかない人材だ。自分の安全を第一に行動してくれ」

「無理はしないように気をつけるぞ。……呪いのかかった魔物なら、何でもいいのか？」

「ああ。何でも買い取る。ただ、すでにサンプルのある魔物に関しては、査定額が下がるぞ。……買取額は倒した時の状態による部分もあるが、ドミナス・ウルフで２００万ってところだ」

２００万か……。

『地母神の涙』に比べれば安くも見えるが、この世界では一般家庭が1年暮らせる額だな。

「それはもうサンプルが沢山あるからか？」

「ああ。ドミナス・ウルフは一番サンプルの多い魔物だな。今までに4体もの変異種が確保できている。……逆に魔物によっては5億近い値段がつく可能性もあるが……あまりお勧めはできない」

5億……。

安全確保のための情報集めの、たった1個のサンプルだけで5億か……。

調査全体の予算は、一体どれだけあるのだろう。

「なんで勧められないんだ？」

「極端に高い値段がつくのは、主《おも》に島の奥地の魔物だ。変異種は奥地に近づくほど増えているから、奥地のデータが欲しいのは山々だが……あまりにも危険すぎる。単独許可証の所有者以外には、立ち入るのを禁止しているくらいだ」

「……単独許可証を持ってれば、入っていいのか？」

「ああ。イビルドミナス島の冒険者は精鋭揃《ぞろ》いだが……中でも単独許可証持ちは別格だからな。奥地のど真ん中《まなか》に踏み込んで戦えるとまでは言わないが、死なずに戻ってこれる引き際《ぎわ》くらいは、自分で判断できるだけの経験を積んだ奴《やつ》ばかりだ」

そ、そうなのか……?
支部長の認識に、初めて怪しい部分が出てきたぞ。

「その単独許可証持ちだが……最低でも1人、島での経験が全然ない奴がいると思うぞ」

まあ、俺のことだが。
経験を積むも何も、冒険者歴は1年足らずだ。

「……その冒険者のことは知っている。確かにユージはギルド登録歴は浅いが……動きや実績を見れば、そこらのベテランよりずっと多くの戦闘経験を積んでいるのは明らかだ」

いや、明らかじゃないが。
というか、完全に間違っている。

それも恐らく、かなり派手に間違っている。

まあ……そのことを説明しても不毛《ふもう》なので、一旦黙っておくか。

大事なのは、依頼のほうだしな。

「とりあえず、変異種を持ってくればいいって話は分かった。依頼内容はそれだけか？」

「基本的にはそれだけだ。ただ、さっきの呪いの話みたいに、何か気になったことや気付いたことがあればすぐにでも教えてくれ。情報の価値に応じて、報酬が支払われる。例えば、ユージが言っていた呪いの話だが……事実だと確認が取れれば、最低10億はいくだろうな」

「さっきから、報酬の桁《けた》がおかしくないか？」

ちょっと調べものをした結果を伝えるだけで10億とか、どんな世界だ。

確かに冒険者の依頼は、一般の安全な仕事に比べれば報酬が高いことも多いが……にしても桁がおかしいぞ。

強い魔物を倒したり、高級な素材を持ち込んだりしたわけでもなく、ただ見つけた情報を伝えただけで……。

「一国の食糧供給の生命線を握るというのは、そういうことだ。王国も『地母神の涙』の供給を止めないために、躍起《やっき》になってるからな。……そもそも今の畑の面積じゃ、王国の人口は賄《まかな》えないんだ。『地母神の涙』がある前提で作られた国なんだよ」

「なるほど……つまり『地母神の涙』がなかったら、この国は滅《ほろ》ぶのか」

「その認識で間違いない」

どうやら、随分《ずいぶん》と責任重大な依頼を受けてしまったようだ……。
とはいえ俺は、依頼のために大きな危険を冒《おか》すつもりはない。
安全にできそうな範囲で、依頼を達成させてもらうとしよう。

そのために、1つ聞いておくべきことがあるな。

「さっき、島の奥地は危ないから入らないほうがいいって言ってたよな？　どこからが奥地とかって、決まってたりするのか？」

「いや、明確には決まっていないが……ユージほどの索敵《さくてき》能力を持っていれば、危険なエリアの予想はつくはずだ。明らかに人間が戦ってはいけないレベルの魔物の気配《けはい》がしたら、奥地に入ってしまった可能性が高い」

「なるほど。戦っちゃダメそうな奴を見つけたら、引き返せばいいってことか」

それなら、分かりやすくていいな。

俺自身が見つかってしまわなければ、たとえスライムが見つかっても、隠密《おんみつ》能力で逃げられるはずだ。

いざという時には、エンシェント・ライノの背中に乗って逃げてもらうこともできる。

だから一度攻撃してみて、それをもとに倒せる魔物かどうか考えればいいだろう。

「そういうことだ。もちろん、周囲の魔物を正確に発見できる前提になるがな。……私もユージの索敵能力は、噂《うわさ》レベルでしか知らない。もし索敵面で不安があるなら、索敵役のいるパーティーを斡旋《あっせん》するが……どうする？」

「いや、索敵は1人で大丈夫だ。戦っていい魔物の判断には少し不安があるが……まあ、迷ったら引き返すことにする」

「それがいい。安全を第一に行動してくれ」

まあ、実際に索敵するのは1人と何万匹かなのだが。

……正確な数はすでに把握していないが、多分万は超えているだろう。

確かに熟練の冒険者の索敵能力はすごいものだが、索敵範囲全域を物理的に覆《おお》い尽《つ》くすスライムの群れと比べるのは、流石に無理がある気がする。

しかし、『人間が戦ってはいけないレベルの魔物』か……。

具体的にどんな魔物なのかは分からないが、……これは安全面を考えると、厳しめに判断すべきだろうな。

調査で死ぬような目に遭《あ》ったら、元も子もない。

弱い魔物を相手に撤退しても死にはしないが、強い魔物に突っ込めば危険だ。

そう考えると、明らかに倒せる魔物以外が出てきた場合には、撤退すべきだろう。

冒険者としての経験は浅いのだし、安全重視でいくべきだ。


今の俺が連発できる魔法の中で一番強いのは……『極滅《きょくめつ》の業火《ごうか》』あたりだな。

別に魔力消費の軽い魔法ではないが、『終焉《しゅうえん》の業火』や『永久凍土《えいきゅうとうど》の呪詛《じゅそ》』などと比べれば、気軽に撃てるのは確かだ。


『戦っちゃダメな魔物』を厳しめに判定するなら……この『極滅の業火』で、一撃で倒せない魔物が出てきたあたりが、引き際といったところか。

別に一撃で倒せない魔物でも、真面目《まじめ》に戦えば倒せる可能性はあるが……一撃で倒せる魔物だけにターゲットを絞っておけば、だいぶ安全になるからな。

俺もたまにはブラック企業を見習って、弱いものいじめに徹するとしよう。


もちろん、魔物を見かけるたびに片っ端《かたっぱし》から『極滅の業火』を撃っていたら魔力の無駄遣《むだづか》いなので、あれを撃つのは判断に困る魔物が出てきた時だけだが。

『極滅の業火』で倒した魔物は灰や消し炭になってしまうことが多いので、サンプルとしても役に立たなさそうだし。

「アドバイスをありがとう。とりあえず、危険な魔物がいない範囲で変異種を探してみよう」

「……くれぐれも安全に気をつけてくれよ」

「ああ。安全第一だ」

こうして俺は、イビルドミナス島の調査依頼を受注したのだった。

未経験のエリアを1人で探索するわけだから、支部長の言う通り、慎重《しんちょう》にやろう。

それから1時間後。

俺《おれ》は無事に船から降り、島の中でプラウド・ウルフと合流していた。

ちなみにエンシェント・ライノは、緊急時にスライムたちの撤退を手伝うために、スライム監視網のほうにいてもらっている。

『島の奥って……本当に行くッスか？　ヤバい魔物とか、いっぱいいそうッスけど……』

『奥地には入らないが、昨日行ったよりは少し奥……危険な魔物が出てこない範囲までは行こうと思う。『極滅《きょくめつ》の業火《ごうか》』1発で倒せない魔物が出てきたら撤退するから、安心してくれ』

『そ、そんな魔物……本当にいるッスか？』

『ああ。この島の奥地には、人間が戦ってはいけないレベルの魔物がいるらしいからな』

奥地の魔物については調査自体ができる環境にないらしく、詳《くわ》しい種類などはギルドでも把握していないようだ。

どんな種類の魔物なのかは分からないが、奥地の魔物に関する情報自体があるということは、生還者はいるのだろう。

強い魔物といえば、たとえば真竜《しんりゅう》だが……さすがに島の奥に真竜がいる可能性は低いだろうな。

というか真竜がそんな長い間放《ほう》っておかれたなら、普通に島自体が滅《ほろ》んでいる気がする。

少なくとも、こんな植物が生《お》い茂るような場所にはなっていないだろう。

それ以外だと……実はエンシェント・ライノも、『極滅の業火』に耐えたんだよな。

呪《のろ》いがかかっている状態ですら生き残ったので、健康な状態のエンシェント・ライノなら、普通に耐えそうな気がする。

エンシェント・ライノより強い魔物くらいならいても不思議ではないし、島の奥地にいる『人間が戦ってはいけないレベルの魔物』という奴《やつ》は、そういった魔物の可能性もあるかもしれないな。

「火球」

敵について考えながら俺は、近くの植物に火球を放った。

すると……『火球』の爆炎が当たった場所は焼き尽《つ》くされたが、周囲の草木は少ししおれただけだった。

「よし、燃えないな」

昨日の戦いでも、そんな気はしていたが……この島の植物は、延焼《えんしょう》に強いようだ。

もし山火事が簡単に燃え広がるような環境なら、ここまで大規模な森が残っていることもないだろうから、森全体がこんな感じだと考えていいだろう。

炎魔法を直接ぶち込めば流石《さすが》に燃えるようだが……それ以上は燃え広がらないのであれば、『極滅の業火』なども気軽に撃ちやすい。

しかし、この植物が厄介《やっかい》なんだよな。

あまりに背が高すぎて、天井《てんじょう》のように視界を遮《さえぎ》ってくるのだ。

ある程度の光は通るため、地上で活動している分には問題がないのだが……スラバードによる上空からの偵察が、全《まった》くきかない。
一応、超大型の魔物などであれば見つかるんじゃないかと思い、スラバードに探ってもらっているのだが……。

『やっぱり見えないか？』

『うん〜！　全然見えない〜！』

俺の言葉に、スラバードが答えを返した。
感覚共有を介して伝わってくる視界には、ひたすら背の高い植物が地面を覆《おお》い隠している様子しか見えない。
生えている木自体の高さが、数十メートル……下手《へた》をすれば100メートル以上あることを考えると、木の下にスラバードを潜《もぐ》り込ませるという選択肢もなくはないが……まあ、流石に無理か。

『そのまま上空で待機して、何か異変があったら教えてくれ』

『わかったー！』

これで、上空からでも分かるレベルの異変があった時には、スラバードが伝えてくれるだろう。

あとは地上から、足で探索するしかないというわけだ。

『とりあえず、変異種を探しながらゆっくり進もう』

『はーい！』

こうして俺はスライムと共に、森の中を歩き始めた。

◇

それから数時間後。

俺たちは森の中で、ひたすら魔物を狩って回っていた。

『あっち、1匹いたよー！』

『こっちもー！』

『へんなやつ、見つけたー！』

魔物が多い森というだけあって、スライムたちは大忙《おおいそが》しだ。

スライムたちがどんどん捜索範囲を広げていくので、魔物の発見報告が絶《た》えることはない。

「魔法転送——火球。魔法転送——火球。魔法転送——範囲凍結・中」

俺はスライムの発見報告を聞いて、次々と攻撃魔法を転送していく。

普通の魔物は火球で、スライムたちが『へんなやつ』と呼ぶ変異種は、綺麗《きれい》なまま倒すために『範囲凍結・中』だ。

今のところ、まだ『極滅の業火』を使うような相手は現れていない。

『そんなに突っ走って大丈夫か？　もうちょっとゆっくり、慎重に探索しても大丈夫だぞ』

『みつけたー！』

『こっちもー！』

俺がペースを落とすように言っても、スライムたちは監視網を広げる動きを止めようとしない。

一見、呪いによって蛮勇《ばんゆう》を得たプラウド・ウルフに似た雰囲気だが……ステータスを確認しても、スライムに呪いはかかっていない。

スライムたちが張り切っているのは、別の理由だ。

『見つけたー！』

『おいしいやつだー！』

……そう。

この島の魔物は、美味《おい》しいのだ。

船に乗っている俺を待つ間に、寄ってきた魔物を食べていたスライムが騒いでいたので、俺も少しだけ試食してみたのだが……確かに美味《うま》かった。


恐らくこれは、魔物たちが食べているものが理由だろう。

魔物たちは人間を見ると襲ってくるので、肉食だと思われがちだが……『感覚共有』を介して見てみると、普段の魔物たちは植物も食べていることが分かる。

その植物が栄養豊富なので、魔物たちも美味しくなるというわけだ。


『葉っぱも、おいしいー！』


ちなみにこの島の植物はスライムたちにとっても美味しいらしく、文字通り道草を食っているスライムも沢山いる。

というか……道草を食いながら魔物を探しているような状況だ。

普通の森ならあっという間に禿《は》げ上がってしまいそうな食い荒らし方だが、この島の植物たちの生命力は、スライムにすら負けていなかった。
というのも……食われて少しすると、食われた部分から元通りにまた生えてくるのだ。
それこそ根っこごと食べられてしまえば話は別かもしれないが、普通に食い荒らしたくらいでは、ビクともしないようだ。
奪い合う必要すらないくらい無限に食糧が湧《わ》いてくる楽園を前にして、スライムたちは仲良く平和的に、魔物を探していた。

『まもの、見つけたー！』

『魔法転送——火球』

まあ、見つけられた魔物からすると、全く平和的ではないのだが。
今回の魔物を見つけたスライムは炎属性適性が高かったらしく、『火球』の的《まと》にされた魔物は、哀《あわ》れにも空高く吹き飛ばされていた。

『……ほのお、残ってない……』

『お肉、やきたかったのに……』

俺が放った魔法の炎が消えてしまったのを見て、スライムが悲しげな声を上げる。
どうやら、この島の魔物は生よりも焼いたほうが美味しいらしい。
それをいち早く見つけたスライムたちは、倒した魔物を焼きたがっていた。

『後で焼くから、収納しておいてくれ』

『わかったー！』

魔物が美味しいおかげで、探索はとても順調だ。
普通の魔物は山ほど倒せたし、変異種もすでに10体ほど確保できている。
全体から見れば、変異種の割合は少ないが……島の奥に行くにつれて、これは増えていくのだろうか。

そう考えつつ俺は、スライムの索敵網《さくてきもう》を見渡す。

今の索敵網は全方位にまんべんなく広がっているので、ほとんど島の手前側に留まっている。

もう少し奥のサンプルを入手するには、一度形を変えたほうがよさそうだな。

全方位に広がる形ではなく、一方向に向かって陣形《じんけい》を広げていくような形のほうが、島の奥は探索しやすい。

そのためには、一度スライムを集める必要があるが……簡単にはいかなそうだな。

ただ『奥地を探索したいから、一旦《いったん》集合しろ』と言っても、スライムが集まるには、絶対に時間がかかる。

道草を食いながら何時間もかけて集まるスライムたちを前に、小学校の避難訓練を見守る校長先生のような気持ちを体験することになるのは、容易に想像がつく。

となると、ここで使うべき手段は……。

『よし、そろそろ休憩にしよう。肉を焼くから、一旦戻ってきてくれ！』

これだ。

ちょうど腹も空《す》いてきた頃《ころ》だし、スライムを1箇所に集合させるには、これが一番手っ取り早い。

『わかったー！』

『もどるー！』

『わー！　ぼくもー！』

スライムたちの動きは素早《すばや》かった。

散らばっていたスライムたちは合流して塊《かたまり》になると、プラウド・ウルフやエンシェント・ライノの背中に乗って俺の近くへと運ばれてくる。

こうしてあっという間に、スライムたちが俺のところまでやってきた。

『よし、焼くぞ。薪《まき》と肉を出してくれ』

『はーい！』

俺はスライムが出した薪を積み上げて、そこに魔法で火をつける。

島の木は燃料に向かないようなので、スライムが収納していた薪を使うことにしたのだ。

リクアルドで大量の薪を作った時の余りを、スライムは沢山持っているからな。


「対衝撃結界」


焼き網は持っていないので、結界魔法で代用することにする。

特化型の結界魔法は、肉を落とさないのに熱などはそのまま通してくれるため、金網《かなあみ》代わりに便利なのだ。

明らかに本来の使い方ではないが、まあ問題はないだろう。

火力がちょうどよくなったのを確認して、俺は肉を載せた。


『おいしそうー！』

『……まだ焼けてないぞ』

つまみ食いをしようとするスライムを監視しながら、俺は肉が焼けるのを待つ。
そうして、切った肉を焼いていると……あたりに香ばしい匂《にお》いが漂い始めた。
それと同時に、スライムが騒ぎ始める。

『なんか、集まってきたー!』

『僕たちのお肉だぞー!』

……スライムたちが食べものをめぐって争うのはいつものことだが……今日はちょっと雰囲気が違う気がする。
というか……。

『もしかして、魔物の襲撃か?』

『うんー!』

『襲ってきてるー！』

ふむ……。
どうやら肉の香りを嗅《か》ぎつけて、魔物が集まってきたようだな。
だが、今のスライムたちの前で、それは悪手だぞ。

『じゃましないでー！』

『おまえも、やいてやるー！』

『こっちには、ゆーじがいるんだぞー！』

まあ、そうなるよな。
スライムの食事を邪魔するのは、ただでさえ危険な行為だ。
しかも、邪魔した魔物自体が美味しいとなれば……これはもう、自分から食材になりたいと志願しているに等しい。

「魔法転送――火球」

俺が魔法を転送すると、魔物たちは次々に倒れていった。

それでもなお、魔物は集まり続けるが……決してスライムの食事を止めることはできなかった。

『おいしいねー！』

『おいしいー！』

『次のやつ、もってきたよー！』

食事の危機にあたって、スライムたちは珍しく協力体制を築いていた。

肉を取ったスライムは陣形の外側へと移動し、外から次の肉――襲ってきた魔物を補充する。

そして魔物を持ったスライムが、またたき火の元へと移動するのだ。

陣形の外周部とたき火を往復するようにして、スライムたちは襲いかかる《魔物》肉を消費していった。

そして30分ほどが経《た》った時……もう、たき火を狙おうとする魔物はいなくなっていた。

『いなくなっちゃったー……』

『まもの、どこいったのー？』

『……お前らが食い尽くしたんだろ』

スライムたちの協力体制によって、たき火を襲撃してきた魔物の群れは、あっという間にスライムたちの胃袋に収まった。

普段は食べものをめぐって喧嘩《けんか》ばかりしているのに、食べものを多く食べるためなら共闘もするようだ。

……まあ、何だかんだスライムたちが喧嘩をするのは余裕がある時で、本当の緊急事態などでは食糧とは関係がなくても、ちゃんと協力するようだが。

『あっ！　ここにも、たきびー！』

『えー！　他にもあったのー⁉』

獲物を探すためにあたりをぐるぐる回っていたスライムたちが、たき火の跡《あと》を見つけて騒ぎ始めた。

スライム達が獲物を焼くのに使っていた場所に比べて、だいぶ小さいたき火の跡だ。

『いや、これはただ単に、さっきのたき火が燃え移っただけだと思うぞ』

『そっかー……ざんねん……』

まあ、嘘《うそ》なのだが。

この小さいたき火の跡は、俺が自分の分の肉を焼くために作ったものだ。

メインのたき火を使おうとすると、スライム相手に早食い競走を挑《いど》む羽目になるからな。

それは素手《すで》で真竜に立ち向かうのと同じレベルの無謀《むぼう》と言えるだろう。

ちなみに、今回獲《と》れた魔物の肉も、やっぱり美味かった。

スライムたちの味覚はあてにならない（あいつらは何でも美味いと言う）のだが……この島の魔物に関しては、間違っていなかったようだ。

さて、食事も終わったことだし、本格的に島の奥に向かって探索を進めるとするか。

そう考えていると、スライムたちが騒ぎ始めた。

『じゃあ、もっと探しにいこうー！』

『いこうー！』

どうやらスライムたちも、やる気満々のようだ。

まあ、俺が一番探したいのは変異種なのに対して、スライムたちが欲しがっているのは普通の魔物なのだが。

というのも……変異種は俺が凍《こお》らせてしまうため、食べられないのだ。

変異種を見つけたスライムの声は、普通の魔物を見つけた時に比べて、少しテンションが低いような気もする。

そう考えつつ、俺はスライムたちに指示を出す。

『さっきのたき火に魔物が集まったせいで、このあたりにはもう魔物がいなさそうだ。ちょっと、島の奥に進んでみよう』

『『わかったー！』』

おお。素直だ。

魔物が美味いと、スライムを使った探索がやりやすくていいな。

普通の時でも、命令通りに動いてはくれるのだが……やはり今日は、普段とやる気が違う気がする。

『おくって、どっちー？』

『たぶん、あっち？』

『よーし！　あっち、いくよー！』

そう言ってスライムたちは、俺が向かう方向を告《つ》げる前から自分たちで方角を推測し、集まって突撃していく。

特にリーダーがいるわけでもないのに一体感のある、いい動きだ。

……進む方向が間違っていなければ、もっとよかったのだが。

『島の奥はあっちだ。正反対だぞ』

『あれ？　……まちがった……』

『よーし！　あっち、いくよー！』

スライムたちは俺に間違いを指摘されると、今度こそ正しい方向に進み始めた。

さて……これで島の奥のほうも、探索が進みそうだ。

奥地まで入ってしまうと危ないようだから、慎重に進む必要があるが……まあ、スライムたちもしっかり索敵（獲物探しとも言う）をしながら進んでいるので、問題はないだろう。

もし危険な魔物に遭《あ》ったら、その時に撤退すればいいというだけだ。

それから数時間後。
俺《おれ》たちは島の少し奥で、魔物を探し回っていた。
だが……その戦闘の様子は、たき火の前とは全《まった》く違う。

『また、へんなのー!』

『へんなの、増えてきたー!』

スライム索敵網《さくてきもう》のあちこちから、魔物の発見報告がもたらされる。
このあたりだと、見つかる魔物のうち半分近くは変異種だ。
そして変異種自体のレベルも、前とは明らかに違う。

『でかいの、出てきたー!』

そう言ってスライムが、小さめのドラゴンのようなサイズのワニを指《さ》す。

鑑定魔法によると、ドミナス・アリゲーターという魔物のようだが……この魔物、なかなか頑丈《がんじょう》だ。

流石《さすが》に『極滅《きょくめつ》の業火《ごうか》』には耐えられなかったため、戦ってはいけない魔物というレベルには当てはまらないが……『範囲凍結・中』だけで倒そうと思ったら、100発以上撃ち込む羽目になった。

火球でも似たような回数が必要だったので、氷に強いとかいうよりは、単純にタフなのだろう。

真《ま》っ直《す》ぐ島の奥に向かって進んできたとはいえ、たった数時間移動しただけでこんな魔物が出てくるとなると……人間では太刀打《たちう》ちできない魔物が奥地にいるというのも、納得できてしまうな。


ちなみにこの魔物……今までに1匹も、変異していない奴《やつ》を見かけていない。

全部が呪われた魔物というのは、偶然なのか元々なのか……。

そんなことを考えつつ俺は、スライムに指示を出す。

『分裂してくれ！』

『わかったー！』

俺の声を聞いて、スライムが分裂する。

普通に『範囲凍結・中』を１００発撃とうとすると、時間がかかって仕方がない。

そこで大量のスライムにまとめて魔法を転送して、一気に終わらせてしまおうというわけだ。

スライムの中には『氷魔法適性』を持ったものもいるので、威力は単純に１００倍というわけではないだろうが。

『魔法転送——範囲凍結・中！』

俺が魔法を転送すると、分裂したスライムの1匹1匹から魔法が放《はな》たれ、ドミナス・アリゲーターが凍《こお》りついた。

ドミナス・アリゲーターの変異種のサンプルは、これで5匹目だな。

見つけたのは6匹だが、最初に見つけた奴は『極滅の業火で倒せるかどうか』の実験に使ってしまったので、ちゃんとしたサンプルが残らなかったのだ。

そろそろ新しい魔物も見つからなくなってきたし、もう少し探して新種が見つからなければ、今日は引き返すか。

と、その前に……。

「この機会に、あの魔法を試してみるか……」

俺はそう言って、取得済みの魔法のリストを見る。

そこには沢山の魔法が並んでいるが、ほとんどは使ったことのない魔法だ。

魔法を片っ端《かたっぱし》から試してみることもできるのに、俺がそうしない理由は、単純に危険だからだ。

例えば『火球』くらいだと思って使った魔法が『終焉《しゅうえん》の業火』クラスの魔法だったりしたら、大惨事《だいさんじ》は避けられないだろう。

『終焉の業火』よりさらに大規模な魔法だったり、自分自身すら巻き込むような魔法だったりしたら、自滅になる可能性すらある。

というわけで今まで俺は、効果が分からない魔法はできるだけ使わず、使ったことのある魔法だけで戦うようにしてきたというわけだ。

それで別に不便がなかったというのも、新たな魔法に手を出さなかった理由でもあるが。

とりあえず『火球』を撃って、火球が合わない状況なら『範囲凍結・中』か『極滅の業火』あたりを撃ち込めば大抵のことは何とかなってしまうので、わざわざ危険を冒《おか》してまで魔法の実験をする必要もなかった。


しかし……1匹の魔物を相手に100発もの魔法を撃ち込む必要があるとなると、話は別だ。

ドミナス・アリゲーターは『極滅の業火』なら一撃で倒せる魔物だが、『範囲凍結・中』を使って綺麗《きれい》に倒そうとすると、100発も撃ち込む必要がある。

氷魔法適性の高いスライムを選んで連れてきて、そのスライムを介して魔法を使えば、撃つ数を減らせるが……それはそれで時間がかかるのだ。

今のところはスライムを分裂させ、並列して魔法を転送することによって、問題は解決している。

相手がドミナス・アリゲーターであれば、今のやり方で大丈夫だろう。

だが、今よりもっと強い魔物が出てきた場合、スライムの分裂を待つ余裕があるとは限らない。

危険な状況であれば、サンプルのことなど考えずに『極滅の業火』などを撃つつもりだが、相手が炎に強い魔物だったりした場合、それこそ『破空《はくう》の神雷《しんらい》』だの『永久凍土《えいきゅうとうど》の呪詛《じゅそ》』だのといった魔法を撃つ必要があるだろう。

魔力効率も酷《ひど》いし、周囲への余波《よは》はもっと酷い。

そう考えると、今のうちに炎系以外でちょうどいい威力……『極滅の業火』クラスの魔法が欲しいというわけだ。

俺はオルダリオンで見つけた本などを参考にしながら、空き時間でそういった魔法を探していたのだが……先日、ついに見つけたのだ。

『凍結の呪詛』。

名前からしても『永久凍土の呪詛』の下位バージョンといった感じの魔法だ。

『終焉の業火』と同系統の魔法に『極滅の業火』があるように、『永久凍土の呪詛』と同系統には『凍結の呪詛』がある……そう考えてよさそうだ。

この認識が恐らく合っているということは、本などの情報から確認した。

後は実際に試して、威力などを調べるだけだ。

などと思案していると、スライムの声が聞こえた。

『また、でかいのだよー！』

『分かった。分裂はしなくていいから、気付かれないように少し離れてくれ』

『はーい！』

スライムが見つけた魔物は、先ほどと同じくドミナス・アリゲーターだ。

見つけた場所は、今のスライム監視網の最前線付近……やはり島の奥に行くにつれて、大型の魔物が増えていくようだな。

これ以上の探索は、もっと時間がある時にやったほうがよさそうだ。

今から先に進むとなると、船に乗り遅れてしまう可能性があるからな。
普通の陸地での探索とは違って、好きな時に行って好きな時に帰るというわけにはいかないのだ。

『はなれたよー！』

『了解。魔法転送──凍結の呪詛！』

スライムが敵から距離を取ったのを確認して、俺は『凍結の呪詛』を発動する。
すると、次の瞬間……ドミナス・アリゲーターを中心として、周囲の森が凍りついた。
待機中の水蒸気も凍ってしまったのか、範囲内は白く霞《かす》んでいる。

『おおー！』

『でかいの、凍っちゃったー！』

『あっ！　普通のやつもいるー！』

動かなくなったドミナス・アリゲーターを見て、スライムたちが騒ぎ始めた。

いや……どちらかというとスライムが興味を持っているのは、普通のやつ……つまり変異種ではない、スライムたちの餌《えさ》になる魔物のほうな気がするが。

『普通のやつだー！』

スライムは倒した魔物を収納すべく、凍りついた森へと入っていく。

……寒くないのだろうか。

『おい、大丈夫か……？』

『大丈夫って、なにがー？』

『ちょっと、さむいかもー？』

凍りついた場所に入っても、スライムの動きが鈍《にぶ》ったり、凍ったりする様子はない。

どうやら『凍結の呪詛』の効果は、そう長く残らないようだな。

まあ、単にスライムたちが寒さに強い生きものなのかもしれないが……。

などと考えていると、スライムが魔物を収納しようとし始めた。

まずはドミナス・アリゲーターではなく、普通の魔物（大型の猪《いのしし》だ）をしまうつもりのようだが……。

『かたいー……』

猪の魔物を口に入れたスライムは、そう言って顔をしかめた。

……普段スライムたちは、もっと硬い岩などを収納しても、何事もなかったかのようにしているのだが。

ということは……。

『おい、食おうとしたな』

『だって、白くておいしそうだったから……』

どうやら収納するふりをしつつ、こっそり食おうとしたようだ……。

凍結魔法は、つまみ食いの防止にも使えそうだな。


『後で解凍して焼くから、ちゃんと収納しておくんだぞ』

『はーい……』


そう言ってスライムは、ドミナス・アリゲーターと猪の魔物を収納した。

しかし、『白くて美味《おい》しそう』とは……人間にはあまり分からない感性だが、スライムには白いものを美味しいと思う本能でもあるのだろうか。

何を見ても美味しいと思う本能ならありそうだが、色がどうとか言い出したのは初めてだぞ。


……いずれにしろ、とりあえず『凍結の呪詛』の実験は成功といってよさそうだな。

『極滅の業火』は『終焉の業火』を威力そのまま狭い範囲にしたような魔法だが、『凍結の呪詛』も似たようなものだという考えで、大体合っていそうだ。

魔物のサンプルも沢山手に入ったし、サンプルはこれで十分そうだな。

『よし、今日は一旦《いったん》帰るぞ！　撤収だ！』

『わかったー！』

『かえって、ごはんー！』

そう言ってスライムたちは集まり始めたが……普段より集まりが遅い。
俺は一瞬だけ考えて、すぐに理由に思い当たった。
プラウド・ウルフがスライムたちの回収をしていないのだ。
感覚共有を介して見ると、プラウド・ウルフはスライム索敵網の最後方で小さくなっていた。
というか、気絶しかけているような気がする。

『プラウド・ウルフ、一体どうしたんだ？』

『でかいのが出てきたときから、こんなかんじー！』

なるほど。

ドミナス・アリゲーターを見て、恐怖でこうなってしまったのか……。

……プラウド・ウルフは真竜《しんりゅう》相手の戦いにも出たことがあるはずの魔物なのに、相変わらず慣れてはいないんだな……。

まあ、真竜くらいになると強さに現実味がなさすぎて、逆に気絶せずに済むのかもしれない。

このくらいの強さの敵のほうが、自然界での天敵としては現れやすいだろうし。

そう考えていると……スライムがプラウド・ウルフをつついて起こしてくれた。

意識を取り戻したプラウド・ウルフは周囲をきょろきょろと見回すと、ほっとしたように息をついた。

どうやら元に戻ったようだな。

『プラウド・ウルフ、撤退するから、スライムたちの回収を頼む』

『りょ……了解ッス！　こんな恐ろしいところ、早く出たいッス！』

そう言ってプラウド・ウルフは、普段より数段素早《すばや》くスライムたちの回収を始めた。

どうやら、一刻も早く帰りたいようだ……。

◇

「おう、ユージも帰ってきたな！」


俺が船着き場に戻ると、すでに大勢の冒険者が先に来ていて、船が来るのを待っていた。

もう船の到着にもだいぶ近い時間だから、俺が最後かもしれない。

「随分《ずいぶん》と遅く帰ってきたじゃないか。ユージも、『地母神《ちぼしん》の涙』集めの調子はよかったのか？」

戻ってきた俺を見て、ブレイザーが話しかけてきた。

ユージも……ということは、みんなは調子がよかったのだろうか。

そう考えて冒険者たちの顔を見ると、みんな前回よりも、心なしか明るい顔をしているような気がする。

「いや、俺が受けたのは他の依頼だったんだが……」

「ありゃ。『地母神の涙』じゃなかったのか？　となると……変異種の調査依頼か」

「ああ。もしかしてブレイザーにも、同じ依頼が来たのか？」

変異種の調査依頼は、指名依頼だったはずだ。

少なくとも、ギルドの掲示板では見かけなかったが……。

「俺も受けたぞ。……とは言っても『地母神の涙』の採取の時に、変異種に襲われたら倒して持って帰る程度のつもりだけどな。……まあ一応受けるというくらいで、一度も死体は持って帰れてないんだが」

「あくまで、『地母神の涙』が優先ってことか」

「そういうことだ。まず変異種を倒せたとしても、死体をここまで持って帰るのが至難《しなん》の業《わざ》だからな。変異種の中で一番弱いのだって十分な脅威《きょうい》だし、狙《ねら》って達成できるような依頼じゃないさ」


なるほど。

そういうスタイルの受け方もあるんだな。

まあ、あの依頼にはノルマや期限などなかったし、無理をしない程度の判断力がある冒険者であれば、ダメ元で依頼を出しているのかもしれない。

それはそうと、ブレイザーたちの依頼……『地母神の涙』の話が気になるな。

変異種が出てから、この島の『地母神の涙』集めは上手《うま》くいっていなかったという話だが……今日は上手くいったような様子だ。

もしかして、何か状況に変化があったのだろうか。

「『地母神の涙』集めのほうはどうだったんだ？」

「大収穫だ。ユージがいた時ほどじゃないけどな。島に入ったほぼ全員が、５キロ以上持ち帰れてる。……こんな景気のいい日は、島に入って以来かもしれないな」

5キロ……買い取り価格にして、2800万くらいか。

全員がそれというのは、確かに大収穫だな……。

「何か、理由でもあったのか？」

「普段と比べて、格段に魔物が少なかったんだが……その理由が分からないんだよな。島でたき火をした馬鹿《ばか》がいるなんて噂《うわさ》まで出てたが、流石にそんな奴がいるわけないしな」

……たき火をした馬鹿？

馬鹿かどうかは知らないが、たき火をした奴には心当たりがあるな……。

「あ、ああ。そうだな。流石に、この島でたき火をする奴がいるわけないよな……」

とりあえず、話を合わせておこう。

今まで知らなかったが、この島でたき火をしてはいけないらしい。

「だよな。流石に有名な話すぎて、知らない奴はいないだろ」

どうやら有名な話のようだ……。

前回のパーティーを組んだときには、特にたき火がどうとかは言われなかったが……この島の人間にとっては、わざわざ言う必要すらないほど当然のことなのだろうか。

まあ、知らなかったのは仕方がないとしても……理由は気になるところだ。

「そうだな。……ところで、島でたき火をしちゃダメだってのは知ってたんだが、その理由は何なんだ？　実は、理由までは聞いたことがなくてな」

「理由を聞いたことがないってのは珍しいな。まあ簡単に言うと、たき火がダメというよりは、島の魔物の肉を焼くのがダメなんだ。……この島の魔物の肉は美味《うま》いんだが、それは魔物にとっても同じらしくてな。肉なんて焼いてたら、凄《すさ》まじい数の魔物が集まってくる」

なるほど。

確かに冒険者にとっては、『たき火＝魔物を焼く』みたいなところがあるからな。

炎自体ではなく、肉を焼くのがダメなのか。

……言われてみれば、肉を焼いている時には、凄まじい数の魔物が集まってきたな……。

スライムたちは『肉の追加が来た！』とばかりに大喜びで魔物と戦っていたが、魔法転送がなければ、数の力に押し負けていた可能性もある。

ブレイザーが言っていることは、どうやら正しいようだ。

ところで……。

「それだと炎魔法で魔物を倒しただけで、他の魔物が集まってきたりしそうじゃないか？」

「まあ、炎魔法くらいなら一瞬だからな。たき火みたいに長い間焼かなければ、場所までは知られないさ」

「……逆に言えば、長い間たき火をやり続けると、どんどん集まってくるってことか」

その結果が、あの魔物の群れってわけだな……。

スライムたちがあまりに元気に動き回るから、それほど意識していなかったが……今になって思い出すと、確かに時間とともに魔物の数は増えていたかもしれない。

まあ、最後には周囲の魔物が全滅して、誰《だれ》も襲ってこなくなったのだが。

「ユージの想像の通りだ。だから逆に、島の中で魔物の肉を焼いて、そこに魔物が集まってる間に『地母神の涙』を回収するなんて計画も、昔はあったらしいけどな……結局は酷《ひど》い失敗に終わって、今じゃ誰もやろうとしないらしい」

「今日は大収穫だったから、誰かが似たようなことをやったんじゃないかと思ったわけか」

「ああ。……まあ、ちょっとした冗談みたいなもんだ。本当にこの島でたき火をやる奴なんて、いるわけないからな」

……そうだな。

いるわけ、ないよな。

「……その計画が上手くいってれば、俺たちも大助かりだったんだけどな」

「その計画って、今のたき火で魔物を陽動する話か？」

「そうだ。何とかしてたき火を維持できれば、素晴《すば》らしい陽動になるんだが……魔物が踏み荒らすせいで、すぐに火が消されちまうらしくてな。人間でたき火を守りきるのは無理だったし、無人で炎を維持できる方法もないってわけで、やめたらしいぞ」

……『無理だった』ってことは……試したのか。

先ほどブレイザーが、陽動作戦は酷い失敗だったと言っていたが……失敗の内容は、けっこう凄惨《せいさん》なものだったのかもしれないな。

計画が中止されたのも、納得がいく話だ。

「まあ、可能性があるとしたら……化け物みたいに強い奴がいて、1人でたき火を守りきったとかだな。……もしかして、ユージならできたりしないか？」

「……いや……」

うーん。

実際のところ、守りきれたんだよな……。

守れないというと、嘘《うそ》になってしまう。

まあ、敵よりもさらに数の多いスライムの協力を得てなので、『1人で』守りきったとは言えないか。

などと答え方について考えていると、ブレイザーが笑った。

「冗談だ。流石にそんなことをするとは思っちゃいないさ。……っていうか、やめてくれ。俺が変なことを言ったせいでユージが無駄《むだ》死にしたりしたら、支部長に殺される」

「……流石に殺されはしないだろ」

「まあ、半殺しくらいで済むかもな。……本当にできるならやってほしいが、人間にはできることとできないことってのがある。無理はしないでくれよ」

いや、俺も人間なのだが……。

まあブレイザーも実際に島でたき火をしたことはないはずなので、イメージで『無理だ』と言っている面も大きそうだが。

案外やってみれば、他にも同じことをできる奴が何人かいても、おかしくないような気がする。

……テイマー以外の場合は頭数を魔物でカバーできないので、ある程度の人数を揃《そろ》えないと、数で押しつぶされそうだが……。

などと考えていると、遠くから船がやってくるのが見えた。

さて……あとは依頼の報告だな。

「ユージさん、お待たせしました。支部長室までどうぞ」

船が出航してから、数時間後。

依頼報告の順番待ちをしていた俺《おれ》に、ようやく受付嬢から声がかかった。

こんなに時間がかかった理由は……間違いなく、『地母神《ちぼしん》の涙』の計量だろう。

計量作業には支部長の立ち会いが必要な上に、今回はどのパーティーも大収穫だったようだからな。

それが終わってからでないと、通常の依頼の話には戻れないというわけだ。

まあ、今回に関しては、別に緊急の報告があるとかではないから、特に問題はない。

前回の『地母神の涙』収集とは違って、報告の途中で船が再出航してしまうこともなさそうだしな。

そんなことを考えつつ、俺は支部長室へと向かう。

「すまないな、ユージ。今日は望外の大収穫で、計量に時間がかかってしまった」

「いや、問題ない。……計量作業に時間がかかるのは、嫌というほど知ってるからな」

「……確かに、それをユージほど体感した人間は、同じパーティーの人間と私たちくらいだな。あれに比べれば、ずっと短時間で済んだほうだ」

そう呟《つぶや》く支部長の顔には、うっすらとクマが浮かんでいた。

……俺たちの計量に時間がかかって、実質徹夜のような状態になったとしても……支部長は休みなど取れないのだろう。

もしかしたら、イビルドミナス島連絡船のギルド支部長の仕事というのは、この世界でも有数のブラックなのかもしれない。

「それで、指名依頼の報告なんだが……魔物のサンプルは、どこに持っていけばいい？」

「ここで渡してもらえれば、あとはギルドで何とかしよう。……基本的には冷凍の魔道具に入れて、王都の研究機関に運ぶことになる」

冷凍の魔道具か。この世界にも、冷凍庫みたいなものがあるのかもしれない。
食材輸送などに使えたら便利そうだが……肉屋がそういった魔道具を使っているのは見たことがないので、恐らく食品用に使うには、高価すぎたりするのだろう。
まあ、問題は魔道具自体の値段というよりも……容量のほうか。

「その魔道具って、どのくらいの量を保存できるんだ？」

「輸送の心配なら大丈夫だ。ドミナス・ボア級の魔物を5匹は保存できる魔道具を、3台も回してもらったからな！　……1台の容量すら、そうそう使いきらないさ」

どうやら、心配が当たってしまったようだ。
焼き肉パーティーの前までに集まった魔物なら、ギリギリ収納できるかもしれないが……恐らく資料としての価値が高いのは、もっと大型の魔物なんだよな。

まあ、魔物によって優先度とかも違うだろうし、入りきらないのであれば欲しいものを選んでもらうか。

「多分入りきらないんだが、どの魔物が欲しいとかって決まってるか？」

「入りきらないって……変異種がか？」

「ああ。結構沢山獲《と》れたし、大きい魔物も多いからな。氷魔法で仕留《しと》めたから、保存状態も悪くないはずだ」

俺の言葉を聞いて、支部長は驚いた顔をした。

そして、少し考えてから……口を開いた。

「とりあえず、魔物を見せてくれ。見ながら考えたい」

「分かった。……スライム、とりあえず部屋に入りそうなやつから出してくれ」

『はーい！』

そう言ってスライムが、氷漬けになった変異種たちを部屋に出していく。

船の中ということもあるのか、支部長室はさほど広くないため、部屋はすぐに魔物でいっぱいになった。

「こ、これは……まさか1日で、これを全部？」

「ああ。魔物探しや物運びの依頼は、スライムと相性《あいしょう》がよくてな」

「そういう問題じゃないと思うが……」

支部長はそう呟きながら、部屋いっぱいに広がった魔物を見渡す。

そして……はっとしたように顔を上げ、口を開いた。

「ちょっと待ってくれ。さっき……『部屋に入りそうなやつ』って言ったか？　まるで、『部屋に入らなそうなやつ』もいるみたいな言い方だが……」

「何匹かいるな。例えばワニの魔物とかは、多分この部屋には入らないな」

「ワニ……だと？　まさか、倒したのか？」

俺の言葉を聞いて、支部長は信じられないものを見るような顔をした。

……何かやってしまったのだろうか。

「もしかして、倒しちゃダメな魔物とかだったか？」

「いや、倒しても問題はないが……島の奥には入らないほうがいいと、言ったはずだよな……？」

「ああ。人間が戦っちゃいけないレベルの魔物がいるって言ってたな。だから、ヤバい魔物が出てきたら戦わずに引き返すつもりで、少しずつ進んだんだが……それがどうかしたか？」

「ワニの魔物は、その筆頭だ！」

……あれ？

そうだったのか……？

「だが、そんなに奥に入ってないのに出てきたぞ」

「……他にはどんな魔物が出てきた？」

他の魔物か。

確か、あのあたりで出てきた魔物といえば……ドミナス・ライノとかいう、サイの魔物がいたな。

エンシェント・ライノよりサイズは大きいが、あまり頑丈《がんじょう》ではない魔物だ。

「サイの魔物だ」

「それは完全に奥地だ。もし島の浅い場所に出てきているとしたら、緊急事態だが……他の冒険者から目撃報告が入っていない以上、魔物の生息域自体は変化していないと見るべきだろうな。ユージが入った場所は、間違いなく島の奥地だ」

「奥地の魔物の種類は、分からないって言ってなかったか？」

確か依頼を受ける時、そう聞いていたのだが……。

注意すべき魔物の種類が分かっていれば、『極滅《きょくめつ》の業火《ごうか》』を試すまでもなく、姿を見た時点で撤退するつもりだったし。

「……今の奥地にどんな魔物がいるかなんて、分からなかったのは事実だ。ドミナス・ライノが最後に発見されたのは10年以上前……ドミナス・アリゲーターに至っては、20年以上前だからな。私が支部長になる前のことだ」

「珍しい魔物だったのか？」

「いや、アレらを目撃して生きて帰った最後の奴《やつ》が、10年前と20年前って話だ。……行方不明者《ゆくえふめいしゃ》の中には、見た奴もいるかもしれないが」

なるほど……。

今回は出会い頭《がしら》に『極滅の業火』やら『範囲凍結・中』やらを撃ち込み、何もさせない間に倒してしまったが……もし正面から戦ったら、かなり危ない魔物だったのかもしれない。

隠蔽魔法《いんぺいまほう》付きのスライムからの不意打ちだと、相手の防御力は試せても、攻撃力があるかどうかまでは分からないからな。

……まあ、敵の攻撃の威力を試すために、スライムを危険に晒《さら》すつもりはないのだが。

何もさせずに倒せるなら、何もさせないのが一番だ。

「……とりあえず、ユージが普通の人間ではないことは、十分に理解した。ドミナス・ライノとドミナス・アリゲーターの変異種も、サンプルがあるんだな？」

「ああ。使えそうか？」

「もちろんだ。流石《さすが》にサンプルの確保が想定されていなかった魔物だから、査定には時間がかかるかもしれないが……10億は下らないだろうな。比較のために通常種のサンプルも欲しいところだが、そこまでは持って帰ってきてはいないか……？」

通常種のサンプルか。

残念ながら通常種はスライムの餌用《えさよう》に炎魔法で倒しているので、保存状態がよくないんだよな……。

そもそもドミナス・アリゲーターのほうは、呪《のろ》いにかかっていない奴を1匹も見かけていないし。

「ドミナス・ライノは、次に行った時に持って帰ってこよう。アリゲーターのほうは、変異種以外見つけていないんだが……もし見かけたら、サンプルとして確保する」

「……すまないな。奥地に行って帰ってこれる冒険者が他にいない以上、ユージに頼るほかない。だが、安全にはくれぐれも気をつけてくれよ」

「ああ。ヤバそうだったら、すぐに撤退する」

奥地に関する情報は、ギルドもあまり把握していないようだ。

大昔のデータで『人間が戦ってはいけないレベルの魔物』に分類されていたとしても、それは当時の装備や環境が原因という可能性もあるしな。

採掘用の道具なども昔と今では違うようだし、戦闘スタイルもその20年前とは変わっているかもしれない。

……しかし、ギルドの情報があてにならないとすると、初めて見る魔物は全部『極滅の業火』を試すしかないな。

たとえ強力な魔物であっても、何もさせずに倒せば安全だ。

もし倒れない相手がいたら、『絶界隔離《ぜっかいかくり》の封殺陣《ふうさつじん》』に閉じ込めて逃げるのがいいだろう。

とはいえ……何か情報があるのなら、不正確なものでも欲しいところだが。

「ちなみに、さらに奥にいる魔物に関して、何か情報があったりするか？」

「いや、『ドミナス・アリゲーター』より格上の魔物は、昔の記録にもなかったはずだ。……『ドミナス・ライノ』も倒せた記録がないことには変わりがないから、どちらが格上かは分からんがな」

なるほど、情報なしか。

今日探索した範囲から先が、ギルドが全く知らない土地だとすると……そこに未発見の、呪いの源のようなものがあるのかもしれない。

魔物の変異自体に関してはギルドに任せて、明日は探索範囲を広げてみることにしよう。

◇

翌日。

俺は大陸で１泊して休息を取り、またイビルドミナス島へと戻ってきていた。

『今日は島の奥に入るから、もし初めて見る魔物がいたらすぐに報告してくれ』

『わかったー！』

『もっと奥に、すすむぞー！』

俺の言葉に対して、すぐにスライムたちの元気な返事が返ってきた。

昨日は島の奥に入ってから変異種が増え、スライムの食べる肉が減ってしまったので、奥に入りたがらないかもしれないと思ったのだが……どうやら杞憂《きゆう》だったようだ。

『と……とりあえず、昨日行ったところまででいいッスか？』

俺とスライムを乗せたプラウド・ウルフが、気の進まなそうな様子で俺に尋ねる。

どうやらドミナス・アリゲーターが怖いようだ。

『ああ。魔物は見つけたらすぐに倒すから、安心してくれ』

『りょ……了解ッス！』

そう言ってプラウド・ウルフは、島の奥に向かって走り始めた。

◇

それから数十分後。

俺たちは何事もなく、昨日の調査を終えた場所まで来ていた。
昨日と違って、通り道の魔物だけ倒して真《ま》っ直《す》ぐ来たので、随分《ずいぶん》早く着いたようだ。

『こ、ここから進むッスか……？』

『ああ。……ここから先は慎重《しんちょう》に索敵《さくてき》するために、歩いて進むことにしよう』

そう言って俺は、プラウド・ウルフから降りる。
するとプラウド・ウルフはほっとしたような顔をして、俺の後ろに隠れるように進み始める。
一方、スライムたちは……。

『はっぱだー！』

『ここのはっぱも、おいしいー！』

全力で葉っぱを食い荒らしながら、島の中心部に向かって進んでいた。
どうやらスライムたちが島の奥に進むことに乗り気だったのは、葉っぱが理由のようだ。

確かに、島の植物は奥に行くほど『地母神の涙』の影響が大きいのか、大きく肉厚になっているような気がする。

俺はその辺に生えている草を食べる趣味はないが、こういった葉っぱを魔物が好むのは、何となく納得いく気がする。


『た、確かに……これ、美味《うま》いッス！』


スライムたちにつられたのか、プラウド・ウルフまで（文字通り）道草を食い始めた。

まあ食事をしつつも、ちゃんと島の奥に向かって進んでいるので、特に問題はないだろう。

などと考えつつ、俺はスライムたちについていく。


『向こうのほうが、おいしいー！』

『あっちがいいー！』

スライムたちはもはや俺に言われずとも、島の奥へと進んで行く。
どうやら島の奥ほど植物が美味《おい》しいという知識は、スライムたちの共通認識になったようだ。
……これ、呪いの影響とかじゃないよな？

「魔法転送――解呪《かいじゅ》・極《きわみ》」

念のため、スライム全体に向かって解呪魔法を使ってみた。
だがスライムたちの動きは、変わる様子がない。
まあ、スライムたちが食欲によって動くのはいつものことなので、呪いは関係なかったということか。

『ゆーじー！』

『まものー！　ワニのやつー！』

『了解。魔法転送――凍結の呪詛《じゅそ》』

もう結構進んだはずだが……出てくる魔物は、昨日のものと変わらない種類だ。

奥に行くにつれて、ドミナス・アリゲーターの割合が多くなってはいるが……新種は特に見つかっていない。

……できればこのまま、倒しやすい魔物しか出てこないといいのだが。

そんなことを考えていると……俺たちの近くを歩いていたエンシェント・ライノが、ふいに立ち止まった。

エンシェント・ライノは遠くに目を光らせ……口を開いた。

『主《あるじ》よ、妙な気配《けはい》がする』

『妙な気配？』

俺はエンシェント・ライノの言葉を聞いて、『感覚共有』を発動してみた。

だが……特におかしなものなどは見えない。

『……何も見えないな』

『ああ。私もそれが何なのかは把握できていない。……距離が遠すぎる』

『遠くても感じられるほど、異常な気配ってことか……』

エンシェント・ライノはドミナス・アリゲーターと出会う前には、何も言わなかった。

あの程度の気配だと、遠くからは感じ取れないのだろう。

つまり……もしエンシェント・ライノが見つけた『妙な気配』の正体が魔物だとしたら、ドミナス・アリゲーターなどとは全く格の違う魔物がいるということになる。

「もしかして、それがギルドの言っていた、人間が戦ってはいけない魔物か……？」

ギルドによると奥地は危険で、ほとんど生還者がいないという話だ。

ドミナス・ライノやドミナス・アリゲーターの目撃情報がなかったのも、奥地に入って生還した者がほとんどいないという理由だったはず。

これら奥地の魔物の危険性も……その魔物自身との戦闘記録よりは、過去の被害者や行方不明者の多さが原因だろう。

何しろ、10年とか20年とかいう単位で、これらの魔物と戦った記録はないのだ。

その強さは、行方不明になった冒険者の強さなどから推定するほかないだろう。

例えば『冒険者ユージはドミナス・ナントカの生息域で行方不明になったから、ドミナス・ナントカは冒険者より強いはずだ』といった感じだ。


だが……この推測方法には穴がある。

それは冒険者が死んだ理由が、本当にその魔物によるものか分からないことだ。

殺された冒険者がダイイングメッセージでも残していれば話は別だが……そうでないなら、たまたま居合わせた他の魔物に殺されていたというケースもあり得るのだ。


ドミナス・アリゲーターは、ギルドが言う『人間が戦ってはいけない魔物』としては弱すぎる印象があった。

支部長はああ言っていたが、流石に魔法1発で沈む魔物を『人間が戦ってはいけない』と言うのは、少々無理があるような気もする。

だが……本当に『人間が戦ってはいけない魔物』が、ドミナス・アリゲーターと似たような生息域を持っていたとしたら、どうだろうか。

その魔物と遭遇《そうぐう》して生き残った冒険者が1人もいなかった場合、ギルドは魔物の存在を察知できない。

殺された冒険者は、ドミナス・アリゲーターなどによって殺された扱いになるだろう。

こうして強さが過大評価されたのが、ドミナス・アリゲーターだった……そう考えると、色々とつじつまが合うような気がする。

などと考えていると、エンシェント・ライノが口を開いた。

『……気配の種類が読めないな。普通は気配の存在に気付ければ、その正体も何となく分かるものなのだが……』

『分かりにくい気配なのか？』

『ああ。真竜《しんりゅう》のような化け物は、気配がはっきり目立つ。存在に気付ける距離なら、魔物の系統まで分かるものだ。だが……今感じている気配から、そういった際立《きわだ》って強いものは感じない。もっと重々しく、ごちゃごちゃした気配だ』

ごちゃごちゃした気配とやらが、どんなものかは分からないが……とりあえずドラゴンとか、今までにエンシェント・ライノが出会ったタイプの魔物ではなさそうだな。

真竜じゃなさそうだと分かっただけでも、だいぶ動きやすくはなる。

『ギルドが言うには、森の中に『人間の戦ってはいけない魔物』がいるらしいが……その魔物とは関係なさそうか？』

『ふむ……もし魔物だとしたら、主が戦っても問題ない相手だと思うぞ』

『……そうか。それだけ分かっていれば、進みやすいな』

とりあえず、ヤバい魔物が急に出てきて即死……みたいな事態は避けられそうだ。

慎重に索敵しながら進む必要はあるので、油断をする気はないが。

『ああ。もっとも……先ほどまで主が簡単に倒していた連中も、一般的な人間にとっては『戦ってはいけない相手』なのは間違いないがな』

『……賢者なら大丈夫とか、そういうやつか？』

『いや、主が特別なだけだ。というか主を『人間』の枠に含めてはいけないような気がする。……我にかかっていた呪いも、本来人間に解けるものではないしな』

どうやらエンシェント・ライノは、俺を人間とは別の生きものということにしたいようだ……。

まあエンシェント・ライノはエンシェント・ライノで、文明が1つ滅《ほろ》ぶほど長い間封印され、この前封印が解けたばかりなのだし……感覚が多少狂っていてもおかしくはないか。

『とりあえず、その話は置いておくか。スライムは何かあった時に備《そな》えて、ある程度まとまっていてくれ』

『『わかったー！』』

俺はスライムがまとまったのを確認して、ゆっくりと索敵しながら森の奥へと進んでいった。

もし奥にいるのが新種の魔物だとしたら、それはそれでギルドの研究に役立つだろう。

だが俺が本当に期待しているのは……呪いの原因を、直接的に見つけ出すことだ。

強力な魔物ではなさそうで、だが遠くからでも感じ取れる気配。

そんなものが、この島の中にあるのなら……真っ先《まさき》に思い浮かぶのは、呪いの発生源だ。

場合によっては……それを解呪するだけで、変異種の問題が解決してしまうかもしれない。

そんなことを考えつつ、俺は森の中を進んでいく。

すると……先を進んでいたスライムたちが、声を上げ始めた。

『まものだー！』

『すごい、いっぱいいるー！』

どうやら魔物の群れを見つけたようだ。

だが……その割には、あまり嬉《うれ》しそうじゃないな。

今までスライムたちは魔物（＝食糧）を見つけると、大喜びで報告してきたものだが。

『これ、ちょっと多すぎるかも……』

『たおすの、追いつかない気がする……』

……倒すのが追いつかない？

強すぎて倒せないというのは分かるが、数が多すぎて倒すのが追いつかないというのは、あまり想像がつかないな……。

というか、そんなにヤバい状況なら、なぜスライムは逃げないのだろうか。

などと考えつつも俺は『感覚共有』を起動し……スライムが言いたいことを理解した。

「これは確かに……ヤバそうだな……」

スライムの視界を介して見えてきたのは……巨大な崖《がけ》だった。

どこまでも続くような深い崖の下に、魔物が隙間《すきま》なくひしめいて……いや、折り重なっている。

崖下に集まっている魔物たちは、地面ではなく他の魔物を踏み台にして立っているのだ。

どうやら魔物は何重《なんじゅう》にも積み重なっているようで、本当の地面は見えない。

魔物同士で喧嘩《けんか》でも起きそうな状況だが、どうやら崖下の魔物たちにその気はないようで、踏まれた魔物たちも何事もないかのようにしている。


幸いなことがあるとしたら……崖を登ろうとする魔物がいないことだな。

初めから登る気がないのか、今までに何度も失敗して諦《あきら》めたのか……理由は分からないが、いずれにしろ今の魔物たちに、崖を登ろうとする様子はない。

スライムが『多すぎる』と言いつつ逃げだそうとしないのも、これが理由だろう。


「魔法転送——終焉《しゅうえん》の……いや、やめておいたほうがいいか」


こういった広範囲に散らばる敵が相手なら、『終焉の業火』を使うのが基本だ。

崖の下にいる魔物には、見たことのない種類のものもいるが……ドミナス・アリゲーターと比べて、そこまで格上といった雰囲気の魔物はいない。

感覚的には、『終焉の業火』で倒せそうな相手だ。

だが……範囲があまりにも広すぎる。

崖の向こう側の魔物の密集地帯は、どこまでも続いているようにすら見えた。

下手《へた》をすると何十年、何百年もの間、魔物が1匹も倒されないまま、数を増やし続けたかのような有様《ありさま》だ。

崖の下に集まっている魔物は全《すべ》て……少なくとも、俺が知っている種類の魔物に関しては全て変異種だ。

呪いによって凶暴化している以上、見つかった時の危険はより大きいだろう。

「これは……下手に手を出さないほうがよさそうだな」

今は魔物の数こそ多いが、それぞれの魔物が特に目的を持って行動しているわけでもないので、すぐさま脅威《きょうい》になるような状況ではない。

しかし、もし魔法を撃って刺激すれば、『終焉の業火』の対象範囲から外れて生き残った魔物は、こちらに向かって殺到してくる可能性がある。

もし崖を迂回《うかい》するようなルートが存在したり、崖を無理やり登る力を持っている魔物がいたりしたら、それこそやぶ蛇《へび》だ。

今の俺なら『極滅の業火』は割と気軽に撃てるが……『終焉の業火』となると、あまり連発できる魔法ではない。

何発か撃って倒しきれなければ、それこそ数で圧殺されることになるだろう。

襲ってくる魔物ならともかく、何もしなければ攻撃してこない魔物を相手にやることではない。

『気付かれないように気をつけながら、崖に沿って探索を進めてくれ。プラウド・ウルフとエンシェント・ライノは、崖から離れて待機だ』

『わかったー!』

俺はスライムたちに指示を出しながら、隠蔽魔法をかけ直す。

今調べるべきことは、ここに魔物を閉じ込めている崖に、切れ目などがないかどうかだ。

もし崖がどこかで終わっているようなら、そこから魔物が溢《あふ》れ出てくる可能性もあるからな。

そして恐らく……呪いの原因があるのも、この崖の下側だろう。

いくら魔物が閉じ込められるような地形があるとはいっても、通常の状況で、これだけの魔物が密集しているのは見たことがない。

何か大きな異変……それこそ呪いなどがなければ、これだけ一箇所に集まることはないだろう。

今まで調べた範囲と違って、全ての魔物が呪われているようだしな。

呪いの原因が、うまく見つかるといいのだが……まずはスライムたちの調査待ちだな。

魔物に気付かれてしまう可能性を考えると、俺たちは崖に近付かないほうがよさそうだ。

◇

『ぶつかったー！』

『同じとこにきたよー！』

それから、数時間後。

崖の右側と左側に分かれて探索を進めていたスライムたちが、崖の上で合流した。

『いい報告だな。とりあえず、魔物が出てくることはなさそうだ』

崖の右側と左側がつながっている……これはつまり、崖は魔物を囲うように続いていて、切れ目はないということだ。

今まで魔物が溢れ出さなかったあたりから、何となく予想はついていたが……今すぐに大災害ということはなさそうで、少し安心できるな。

だが同時に、問題も1つ浮上した。

『魔物のいる範囲が、あまりに広すぎる……』

スライムたちの調査によって、魔物がいる範囲の広さはおおよそ推測が立った。

全域を通常の『終焉の業火』で焼き払おうとしたら、それこそ何十発もの『終焉の業火』が必要になるような広さだ。

手持ちの魔力復帰薬を全部使っても、流石に無理だ。

かといって、魔物を1箇所に集めて焼き払うというのも、あまり現実的とはいえない……というか、無理だ。

なにしろスライムたちが崖のまわりを一周する間、魔物が折り重なっていない場所など1箇所も見つからなかったくらいなのだから。

それどころか……場所によって魔物の積み重なった高さが違い、最も高い場所では5メートルほどしか余裕がないくらいの有様だった。

もし、この魔物を1箇所に集めたりしたら、その高さは簡単に崖を超えて、魔物は外に溢れ出すだろう。

魔物を踏み台にして、他の魔物が這《は》い上がってくるような状況……まさしく地獄絵図だ。

なんとかタイミングよくまとめて倒せればいいが、それに失敗した場合、溢れ出した魔物が島中を襲うことになる……そう考えると、少なくとも冒険者たちが避難した後でなければ、実行できない作戦だな。

「何か呪いの発生源みたいなものを壊せばいいなら、話が早いんだが……それっぽいものは、アレくらいか」

そう言って俺は、はるか遠くに目をこらす。

そこには真《ま》っ黒《くろ》く巨大な影が、地上数十メートル……下手をすれば百メートル近くまで伸びていた。

スライムたちの探索の結果、あれは木だということが分かった。

『地母神の涙』の影響によって大きな植物が多くなっているこの島の中でも、際立って異常な大きさを持った木だ。

どす黒い色といい、かなり怪しいことには間違いないのだが……ほぼ円形の崖に囲まれた窪《くぼ》地《ち》の中心付近にあるため、外から魔法を撃つには遠すぎる。

工夫次第では、スライムを何匹か送り込んで『終焉の業火』くらいは撃てるかもしれないが……あの木を破壊したからといって魔物が大人しくなる保証がない以上、下手に攻撃を仕掛ければ危険なのには変わりがない。

呪いの源《みなもと》を壊せば、新たな呪いは生まれなくなるかもしれないが、今までに呪われた魔物

までが元に戻るとは限らないからな。

第一、呪われていない魔物だって、ここまでの数が揃《そろ》えば十分に脅威だ。


「一応、手はあるんだけどな……」


範囲が足りないというのは、通常の『終焉の業火』を使う場合の話だ。

通常ではない『終焉の業火』を使えば、範囲は広くなる。

例えば『火球』の場合、通常のスライムに『魔法転送』して撃つ場合は半径1メートルにも満たない範囲しか攻撃できないが、炎属性適性レベル16のスライムを介して撃てば、数十メートルの範囲を一撃で焼き払える。

これが『終焉の業火』の場合、それこそ崖の下を全て一撃で焼き払える可能性もあるだろう。

だが……今まで俺は『終焉の業火』を、炎属性適性持ちのスライムに転送したことはない。

あまりにも危険すぎるからだ。

そもそも『終焉の業火』は、普通に撃つだけでも十分に大災害と呼べる、人の住んでいるような場所では使えない魔法だ。

あんな代物《しろもの》を強化して撃ったら、それこそ何が起こるか分からない。

崖の下を焼き払うつもりが、俺たちもろとも島全体を焼き払ってしまう可能性すらあるのだ。

……というか炎属性適性レベル16のスライムに転送したら、そうなる気がする。

『とりあえず、ギルドに報告だな。崖から魔物が出てきたら危ないから、見張りだけは頼む』

『『わかったー！』』

『エンシェント・ライノ。何かあった時にはスライムの撤退支援を頼むことになるから、近くで待機していてくれ』

『了解した、主よ』

こうして俺は崖の下に集まった魔物たちを監視する体制を整え、帰路についたのだった。

◇

『ゆーじー！』

『これ、やばいかもー！』

それから数時間後。
港に戻った俺が船を待っていると、スライムたちの声が聞こえた。
いつになく心配そうな声だ。

『どうした？』

『まもの、ふえてるよー！』

『ちょっとずつ、ちかづいてきてるー！』

スライムの声を聞いて、俺は『感覚共有』を起動した。

……だが、魔物の高さが場所によって違うせいで、具体的にどう変化があったのかは分からない。

しかし、最も余裕のない……魔物のいる高さと崖の高さが近い場所を見てみると、確かに心なしか、魔物の高さが上がっているように見えた。

『どのくらいのペースで上がってきてるんだ？』

『わかんないー！』

ふむ……。

今のところ、最も余裕のない場所でも、まだ5メートル近い余裕がある。

恐らく、上がったのは数十センチだろう。

ということは、このペースならすぐに魔物が溢れ出すということはなさそうだな。

これが潮の満ち引きのように周期的なものなのか、それとも本当に魔物が増え続けているのかは分からないが……慎重に見ていく必要がありそうだな。

『ペースの記録を取ることにしよう。その場を動かないように気をつけてくれ。……ただし、魔物に見つかりそうだと思ったら、崖から離れて大丈夫だ』

『わ、わかったー！』

俺はスライムに指示を出しながら、観測の方法について考える。

直接的に、棒とかひもとかで高さを測れれば手っ取り早いのだが……魔物に見つかってしまう可能性が高いな。

……となると、ここは……。

『紙を出してくれ』

俺の近くで待機しているスライムに、そう声をかける。

そして、スライムが紙を取り出したところで、次の魔法を発動する。

『魔法転送――念写』

俺が使ったのは、『念写』。

見えている映像や記憶にある映像を、紙などに記録する魔法だ。

この魔法は『感覚共有』と併用することによって、カメラ代わりに使える。


記録するのは、目印となるスライムから見える、崖下の状況。

同じ場所で撮った映像を比べることによって、魔物の高さの変化が分かるというわけだ。

これを10箇所で1時間おきにやれば、正確な情報が割り出せるだろう。


できれば周期的に増えたり減ったりしてくれていると、ひとまずは安心できるのだが……どうだろうな。

とりあえず船が着くまでの間の観測結果によって、ギルドへの報告内容を考えることにしよう。

◇

「これは……明らかに増えてるな」

魔物の増え方を調べ始めてから6時間ほど後。

『感覚共有』を介して集めたデータを見ながら、俺はそう呟いた。

船が着くのを待ちながら、俺はスライムたちとともに魔物の増減を観測し続けていたのだが……スライムが言っていた『魔物が増えている』という話は、確かに本当だった。

崖の下に積み上がった魔物の高さは、全ての観測地点で上がっていたのだ。

それも観測している間、ずっと同じペースで。

場所によって増えたり減ったりしているならともかく、ここまで広範囲で全てが同じ傾向となると、この結論は動かないとみていいだろう。

あの窪地に溜《た》まった魔物は、明らかに増え続けている。

いや、むしろ今までも増え続けていたからこそ、窪地の魔物はあそこまでの数になったのだろう。

魔物の積み上がった高さが一定のペースで上がっていることを考えると、恐らく窪地の中の魔物が、同じペースで増え続けるような仕組みがあるのかもしれない。

問題は……その増え方だ。

観測を始めた時、窪地の中で崖が最も低い場所は、魔物から崖の上まで5メートルほどの距離があった。

だが今や、同じ場所の魔物は、崖から4メートルと少しくらいのところまで辿《たど》り着いていた。

「このペースだと……1日と少しか？」

観測開始から今までに経過した時間は、およそ6時間。

単純計算で、1日ちょっとで魔物が溢れ始める計算だ。

いくら魔物が溢れ出すのが島の奥のほうだとはいっても、数が多すぎる。

溢れ出した魔物はあっという間に島中に散らばり、冒険者たちを襲うことだろう。

明らかに緊急事態だ。

船が着き次第ギルドに報告して、避難を提案する必要があるだろう。

「となると……今のうちに、一旦《いったん》『地母神の涙』を回収しておくか」

この調子でいけば、イビルドミナス島は魔物によって埋《う》め尽《つ》くされ、人間などまず生き残れない土地になる。

そうなれば『地母神の涙』の回収など、まず不可能だろう。

この島から採れる『地母神の涙』は、王国の食糧供給の重要物資らしい。

もし産出が途絶《とだ》えれば王国は食糧難に陥《おちい》り……街での食糧調達も難しくなるだろう。

俺1人分の食糧くらいなら何とかなるかもしれないが、食糧不足の状況の中で、スライムたちの食糧をかき集めるわけにはいかない。

その時にスライムたちが葉っぱだけで我慢してくれるかどうか……正直なところ、自信は持てない。

何が言いたいかというと、王国が食糧不足に陥ると、スライムも食糧危機になるのだ。

『監視班以外のスライムは、『地母神の涙』の回収に向かってくれ。島の浅いところにあるのは冒険者が採るかもしれないから、できるだけ奥から採るように頼む』

『わかったー！』

『あの青い石だよねー？　あつめてくるー！』

スライムはそう俺に尋ねながらも、島の中を動き始めた。
この前の採取依頼で『地母神の涙』の特徴は覚えているはずなので、これで何とか探し出してくれるだろう。
後はいつも通りに、人海戦術ならぬスライム海戦術で何とかすればいい。

『あの石、なににつかうのー？』

『美味しい葉っぱを育てるのに必要なんだ。この島の葉っぱが美味しいのも、あの石のおかげらしいぞ』

『あ……あつめてくる！』

やりとりを聞いていたスライムの動きが、1・2倍速になった。

どうやら、随分とやる気を出してくれたようだ。

『みつけたー！』

『でも、とれないー……』

早速『地母神の涙』の巨大な塊《かたまり》を見つけたスライムが、そう報告してきた。
どうやら地面に埋まった塊のままでは、収納ができないらしい。

前はツルハシで砕いていたが……流石にスライムにツルハシを持たせるわけにもいかないし、俺は分身などできないので、スライムについて回るわけにもいかないな……。
第一、俺はギルドに避難の必要性を伝えるために船に乗らなければならないので、採掘に参加するのは難しい。
魔法で何とかするしかないか。

そう考えつつ俺は、手持ちの魔法を探る。
すると……『魔法削岩《さくがん》』という、ちょうどよさそうな魔法が見つかった。

……『地母神の涙』は普通の岩とは比べものにならないほど重いので、ちゃんと壊れてくれるかは気になるところだが……まずは試してみよう。

『魔法転送――魔法削岩』

俺が魔法を使うと……巨大な『地母神の涙』が、轟音《ごうおん》とともに砕け散った。
重さとは不釣り合いな質量を持つ『地母神の涙』が、重い音を立てながらあたりに散らばっていく。

「……削岩っていうか、粉砕だな……」

俺はそう呟きながら、魔法転送の対象になっていたスライムのステータスを確認する。
すると……そこには『土属性適性　レベル8』の文字が書かれていた。
他の属性に関してはレベル1とか0だが、土魔法の得意なスライムだったらしい。
……岩を破壊する魔法って、土属性なんだな。

『これなら、回収できるか？』

『できるー！』

『あつめるー！』

そう言ってスライムたちが、1個で何トンもありそうな『地母神の涙』を体に収納し始める。

どうやら数トンくらいの重さなら、問題なく収納できるようだな。

収納できるものとできないものの境界がどこにあるのか少し気になるところだが、今はそんなことを考えている状況ではなさそうだ。

『大きすぎる塊を見つけたら、土魔法適性持ちのスライムを呼んでくれ！　魔法転送で粉砕する！』

『わかった～！』

こうして俺は、島がまだ人の生きられる環境であるうちに『地母神の涙』を集められるだけ集めるべく、行動を開始したのだった。

……すでにスライムが持っている『地母神の涙』だけで、何兆チコルといった値段になる気がするが……そのことは、一旦考えないでおこう。

それから少し後。

島にやってきた船に乗り込んだ俺《おれ》は船の中を駆《か》け抜け、ギルドの窓口へと来ていた。

「緊急の報告がある。支部長を出してくれ」

「ええと、支部長は『地母神《ちぼしん》の涙』の計量に立ち会わなければいけないんですが……その後で大丈夫ですか？」

「いや、できればすぐ頼みたい。……無理か？」

「か……確認します！」

そう言って受付嬢が奥に入り……少しして戻ってきた。

受付嬢の後ろには、支部長がついてきている。

計量室から出てきてしまった支部長を見て、受付嬢は心配そうな顔だ。

「支部長……計量を後回しにして、大丈夫なんですか？」

「支部長になって以来初めてだが……計量が始まる前なら、規則上はギリギリセーフだ。それに他の冒険者ならともかく、あのユージが『緊急事態』だなんて言うなら、無視するわけにはいかないだろう。それでユージ、緊急事態とは何だ？」

「結論から言うと……2日と持たず、島に変異種が大発生する可能性がある」

まず必要なのは、この言葉だろう。窪地《くぼち》がどうとかの説明は、何が起こるかを分かってもらった後でいい。

俺の狙《ねら》い通り、支部長は事態の重大さを理解したようだ。

一瞬、難しい顔になって考えた支部長は……重々しく俺に尋ねる。

「大発生とはどのくらいの規模だ？　ユージなら対処できるか？」

「いや……対処のしようがない数だ。数が多すぎて、どうしようもない」

「……ユージでもか？」

「俺を何だと思っているのか知らないが、無理だ。あんな数は倒しきれない」

俺の言葉を聞いて、支部長は顔を青くした。

そして、ゆっくりと首を振った後……口を開いた。

「く、詳《くわ》しく話を聞こう。支部長室まで頼む」

「分かった」

◇

それから数分後。

島の奥にある、崖《がけ》に囲まれた窪地などについての説明を聞いて、支部長は頭を抱えていた。

「……島の奥に、そんなものがあったとは……」

「信じるのか？」

「ユージにそんな嘘《うそ》をつく理由があるとも思えんし、島の奥地に入れる冒険者など他にいないのも事実だ。……その奥地からドミナス・アリゲーターの変異種を持って帰ってきたユージが言うなら、信じる他ないだろう」

突拍子もない話なので、信じてもらえるかは少し心配だったが……どうやら信じてもらえたようだな。

問題は、冒険者の避難のほうか。

「それで、島にいる冒険者を避難させられるか？」

「ああ。半日後の船で下ろす冒険者に、避難を呼びかけてもらおう。丸1日後の船で、全員回収という形になるが……窪地から島の外周部までは距離がある。間に合うと考えていいか？」

丸1日か……。

魔物の増加が今と同じペースのままであれば、恐らくギリギリ間に合うな。

だが、魔物の増加ペースが少し速くなったり、他の冒険者と出会わずに取り残される冒険者がいたりしたらアウトだ。

むしろ避難呼びかけのために冒険者を下ろすのなら、島にいる冒険者の数は、一時的に増えることになる。

「……船のスケジュールを変えるわけにはいかないのか？」

避難に丸1日かかるのは、船が半日ごとにしか島に着かないからだ。

今すぐ船を島に戻し、連絡係の冒険者を島に下ろして避難を呼びかけ、集まったところで回収を行う……。

こういった方法を取れば、半日とかからず避難は済むだろう。

だが……普通の島の連絡船ならともかく、この船は国の超重要物資の調達地点と大陸を結ぶ、唯一の船だ。

簡単にその運行スケジュールを変えられるかというと……。

「それは……無理だな。国からの許可がなきゃ変更はできない」

「……独断でやるわけにはいかないか？」

「この船にはギルドも入ってるが、運行に関《かか》わる職員は王国の直属だ。私の命令でも動かせん」

なるほど。

支部長の意思ではどうにもならないというわけか。

王国直属の職員というやつが、支部長の説得で動いてくれるなら話は別だが……その可能性があるなら、支部長は最初からやろうとしているはずだ。

船を動かせるのは、王国からの命令だけだと言っていいだろう。

「許可を取るのに、どのくらい時間がかかる？」

「王都から、一番速い方法で命令書を運んだとして……半日近くはかかるだろうな。すでに命令書が王都を出発してるくらいじゃないと、次の船の到着には間に合わない」

「……他に打てる手はないか？」

「残念ながら、ないな。一応、打てる手は全《すべ》て打ってみるが……あまりにも時間がなさすぎる。基本的には間に合わないと思ってくれ。あと1日あれば、話は変わってくるんだが」

そうか……。

となると、避難が間に合うように祈るしかないな。

そう考えつつ、俺は支部長室を後にした。

◇

『ゆーじー！』

『なんか、へんなかんじになってるー！』

それから数時間後。
ちょうど船が島に到着する頃《ころ》……スライムたちが騒ぎ始めた。
騒いでいるのは……島に残り、窪地の監視役となっているスライムたちだ。

『変な感じ……？』

俺はそう言って、『感覚共有』を起動する。
すると……窪地の中心付近にある巨大な木から、何やら黒いもやのようなものが立ち上っている様子が見えた。

『これは……何だ？』

『わかんないー！』

どうやらスライムたちにも、あれが何だかは分からないようだ。
だが、なんだか嫌な予感がする。
距離が遠すぎて状況が分からないが、あの黒いもやがいいものだとは思えない。

そう考えていると……今度はプラウド・ウルフの声が聞こえた。

『魔物がいたッス！　やっつけるッスよ！』

見ると、プラウド・ウルフは……自分よりも二回り以上大きいドミナス・ライノを相手に、喧嘩《けんか》を売ろうとしていた。
自分より強い相手に対しては臆病《おくびょう》なプラウド・ウルフが、まともな状態でこんなことをするわけがない。
ステータスを見てみると……案の定、呪《のろ》われていた。

『魔法転送——解呪《かいじゅ》・極《きわみ》』

俺が魔法を発動すると、プラウド・ウルフは元に戻った。

やはり、解呪は効くようだな。

だが……今ので、あの黒いもやが呪いに関係するものである可能性は高くなった。

というのもプラウド・ウルフはこの島に入ってから定期的に『解呪・極』を受けているし、定期的に解呪するようになってからは一度も呪いにかかっていない。

今このタイミングで呪いにかかったのが、偶然だとは思えないのだ。

そう考えていると……今度はまた、スライムたちが騒ぎ始めた。

『やばいー！』

『魔物、ふえてきたよー！』

俺が『感覚共有』を介して確認すると……そこでは目に見える速度で、魔物が増え始めていた。

この調子でいくと、数分ともたずに魔物が溢《あふ》れ始める。

というか……。

『魔物、でてきたー！』

どうやら、すでに魔物が溢れ始めている場所もあるようだ。

これは……まずいことになったな。

1日どころか、船が着くまですら持たなかったぞ。

『エンシェント・ライノ！　今すぐスライムたちを撤退させてくれ！』

『了解した！』

そう言ってエンシェント・ライノが、スライムたちの回収に動き始めた。

目で終えないほどの速度で移動するエンシェント・ライノによって、スライムたちは次々と回収されていく。

この様子だと、プラウド・ウルフを加勢させる必要はなさそうだ。

さて……スライムのほうは大丈夫そうだが、問題は冒険者たちだな。

そう考えていると、支部長が廊下を歩いているのが見えた。

「支部長！　緊急事態だ！」

声をかけると、支部長が振り向いた。
ちょうどいいタイミングで通りがかってくれたな。

「どうした？」

「島を見張らせていた魔物から報告があった。例の窪地から、魔物が溢れ出したらしい！　……なんとかして、冒険者たちを回収できないか？」

「何だと⁉　難しいと思うが……船長の説得にあたってみよう！」

支部長はすぐに、事態の深刻さを察してくれたようだ。
詳細を聞くことなく、船の中を走っていった。
さて……なんとか説得に成功してくれるといいんだが。

◇

それから5分ほどして、支部長は戻ってきた。
随分《ずいぶん》と早かったが……表情を見る限り、あまり上手《うま》くはいかなかったみたいだな。

「どうだった？」

「ダメだ。船の制御装置は半自動になっていて、決まった航路以外での運航には専用の鍵《かぎ》が必要らしい」

「その鍵、船長が持ってたりしないのか？」

「昔は持ってたらしいが……先代の船長が『地母神の涙』を奪おうとして、勝手に航路を変えた事件があったらしくてな……それからは王都の管理になったらしい」

……最悪すぎる。
こうして役所の手続きは煩雑化《はんざつか》していくのか。

外から見ているぶんにはいいが、実際に自分が被害を受けると笑えないな。

「……つまり王都から鍵を運んでこない限り、船の目的地は変えられないってことか？」

「そういうことだな」

「他の船ならどうだ？　民間船なら、そんな制御装置は積んでいないはずだ」

「このあたりの港に、あそこまでの航海に耐えられるような船はなかったはずだが……それに賭《か》けるしかないか。たまたま船があることを祈ろう」

……望みは薄そうだな。

そんなことを考えていると、船が減速し始めた。

どうやら、本土に到着するようだ。

「船があるかどうか、確認してみよう。甲板《かんぱん》に出るぞ」

「分かった」

そう会話を交わして俺たちは、甲板へと出た。

支部長は甲板の上から周囲を見回し――首を横に振った。

「ダメだ。沖に出られそうな船は一隻《いっせき》もない」

「……ダメか……」

支部長の言う通り、港に使えそうな船はなかった。

2人乗りの漁船くらいはあるが、あんなもので救助に向かっても、二次遭難者《にじそうなんしゃ》を出すだけだろう。

いっそこの船の動力を破壊して、魔法か何かで動かしたほうがマシかもしれないが……ぶっつけ本番というのは流石《さすが》に難しいな。

望みが薄いのを自覚しつつ、俺たちが船を探していると……空から1羽の小さな鳥が飛んできて、俺たちの目の前に降り立った。

コカトリスでもテイムしていたら、人間も運べたのかもしれないが……この鳥では無理そうだな。

いっそ、人間を運べそうな大きさのサメでも探してみるか？

などと考えていると、支部長が口を開いた。

「この鳥……ギルドの連絡鳥だ」

「連絡鳥？」

「ああ。急ぎの連絡がある時に使われるんだが……船に飛んでくるのは初めて見た」

支部長は俺に説明しながら鳥を捕《つか》まえ、その足に括《くく》られていた包みを取り外す。

包みを開けて……支部長は絶句《ぜっく》した。

「どうした？」

「……鍵だ」

そう言って支部長は、包みから1本の鍵を取り出した。
鍵には『イビルドミナス島連絡船　航路変更用』と書かれている。
「まさか……まだ支部には連絡すらしていないというのに、一体なぜ……」
支部長は驚きに目を見開きながら、包みに入っていた手紙を開ける。
そこに入っていたのは、2枚の便箋《びんせん》だった。
1枚目には国王の印とともに、簡潔な文章が書かれている。

命令書
イビルドミナス島連絡船の運航に関わる全権を、冒険者ギルド　イビルドミナス島連絡船支部へと委任する。
船の運行に関わる職員は、同支部長の指示に従うものとする。

期間：
この手紙の到着時刻から、神託《しんたく》の危機が去るまでの間

「神託の危機……？」

事務的な手紙に書かれた見慣れない文字を見て、支部長は首を傾《かし》げながら2枚目をめくる。
すると、そこには先ほどの手紙とは違う筆跡で……見覚えのある名前が書かれていた。

イビルドミナス島に、危機が起こるとの神託が下されました。
島は魔物に覆《おお》われた後、神の聖なる炎によって浄化されます。
神は聖なる破壊に、罪なき人々を巻き込むことを望みません。
来たる破壊の時までに、島の人々が1人残らず逃げてくれることを祈っています。
1人残らずです。

シュタイル

……シュタイル司祭だ。

書いてある内容を読む限り……溢れ出した魔物たちは、『神の聖なる炎』とやらに倒されるらしいな。

神が司祭にアドバイスをくれるという話は知っていたが……直接的に手を出してくるという話は初めて見た。

いずれにしろ、まずやるべきことは変わらないが。

「船を引き返させてくれ！　島に戻るぞ」

「ああ！　すぐにやる！」

そう言って支部長が走り去り……僅《わず》か数分後、船は反転して再び島を目指《めざ》し始めた。

島の魔物はまだ、冒険者たちがいるエリアからはだいぶ離れたところにいる。

間に合うかどうかは微妙なところだが……問題はそれより、『神の聖なる炎』とやらのタイミングだな。

場合によってはスライムたちやプラウド・ウルフ、エンシェント・ライノまで巻き込まれることになる。

幸い、司祭の近くにはスライムが何匹かいる。

行動を完全に監視するわけにはいかないので、護衛程度につけているスライムたちだが……会話の中継には十分だ。

『シュタイル司祭、聞こえるか？』

『はい、聞こえます。私に連絡が来たということは……王都から手紙が届いたのですね』

『ああ。……それで『神の聖なる炎』が来るタイミングについて知りたいんだが……それについての情報はあるか？』

『……いいえ、ありませんね。というか、神の聖なる炎なんてありません』

……あれ？

手紙に書いてある内容と違うのだが……。

『どういうことだ？』

『神託が来たのは本当ですが、炎については何も言っておられません。恐らく、神が直接何かをされることはないでしょう』

『それは……手紙に嘘を書いたってことか？』

『はい。私が受けた神託は、ユージさんが1人で戦えるよう、環境を整えろということだけです。聖なる炎がどうとかは、そのためにでっち上げた嘘です』

シュタイル司祭が、神託をでっち上げた……？

そんなことをする人物ではないと思っていたのだが……。

『……司祭が、神託をでっち上げたのか……？』

『神はユージさんが『1人で』戦えるよう、環境を整えろとおっしゃいました。その命令を実行するために、取れる手を取ったまでです。……神託を騙《かた》るのは流石に初めてですが、超重要拠点であるイビルドミナス島から冒険者を1人残らず即時撤退させるとなると、このくらい書く必要があると思いましたので』

なるほど。

確かにシュタイル司祭はこの国の教会に凄《すさ》まじい影響力を持っているようだし、その司祭が『1人残らず撤退しろと、神がおっしゃった』と言えば、島から冒険者を撤退させられそうだな。

というか、神自ら『1人残らず避難しろ』という命令を下したのであれば、それ以上に効果的な文言《もんごん》はないだろう。

この国の信仰心が篤《あつ》いのかどうかは知らないが、少なくともシュタイル司祭の神託は、信用されているようだしな。

『神は『神託をでっち上げるな』とは命令してないいってことか』

『そういうことです。神のご命令に従うためなら、私は神の名だって騙りますよ』

これこそが……シュタイルの信仰心の篤さというやつなのだろうか。

信仰の薄い日本人の俺には、あまり分からない感覚だな。

まあ、信仰心の篤い人にとっても、宗教とか流派によって違うのだろうが。

『ところで……避難は間に合うのか？』

『それは分かりません。神が私にくださったのは先ほどの神託だけで、それ以上の情報は何もありませんでしたので……正直なところ私は、島に何が起こっているのかすら分からないのです』

『……そうか』

どうやら神がやってくれたのは、鍵と命令書の用意だけみたいだ。

今までもそうだったから、まあ神託というのはこんなものなのだろう。

どうせなら解決方法まで教えてくれると楽だが……そうはいかないみたいだな。

そもそも神が万能なら前の文明は滅《ほろ》んでいない気がするし、この世界の神というのは、そこまで力を持っていないのかもしれない。


などと失礼なことを考えつつ俺は、スライムを通じて島の状況を確認する。

窪地から溢れ出した魔物は増加の勢いを落とさず、島中に広がり始めているようだ。

今すぐに船で引き返しても、避難が間に合うかは微妙なレベルになってきたな。


とりあえず、司祭が炎を神のせいにしてくれたのは、俺にとってありがたい話だ。

多少派手に魔法を使っても、全部神のせいにできるからな。

司祭は『神に責任を押しつけるな』とは言っていなかったし、せいぜい利用させてもらうとしよう。


『魔法転送——極滅《きょくめつ》の業火《ごうか》』


手始めに俺は、島の上空に1発『極滅の業火』を撃った。

轟音《ごうおん》とともに炎が上がり、周囲の木々が焼き尽《つ》くされる。

やはり延焼《えんしょう》はしないようだが……今の炎は高い位置に撃ったので、音と炎は島のどこからでも気付けたはずだ。

島の冒険者たちは全員が経験豊富なようだし、異常事態に気付いて避難を始めてくれるだろう。

船が到着する頃には、冒険者たちも港に集まっているはずだが……問題は、船自体が間に合うかどうかだな。

『ぼうけんしゃの人たち、もうもいないよー！』

『みんな、あつまったー！』


それから1時間ほど後。

スライムたちが俺《おれ》に、島の森から冒険者がいなくなったことを告《つ》げた。

港の近くにいるスライムを通して数えてみると、港にはすでに31人の冒険者が集まっている。

その中には、この前俺とパーティーを組んでいた、ブレイザーもいる。

俺はその様子を見て、支部長に尋ねる。


「島に取り残された冒険者は何人だ？」

「ギルドの記録だと……全部で31人のはずだ」

どうやら、全員集まっているようだな。

問題は、魔物が港に押しかけるのと船が着くのの、どっちが早いかだが……。

『まもの、ちかづいてきてるー！』

どうやら魔物も、港へと近付いているようだ。

魔物の移動ペースと、港までの距離から考えると……魔物が港に押しかけるまで、あと10分といったところか。

港から近い魔物を『終焉《しゅうえん》の業火《ごうか》』で焼き払えば、結構な数を倒せるだろうが……窪地《くぼち》からの魔物の流出は、止まっていない。

一度焼き払ったところで、範囲外で生き延《の》びた魔物がまた襲ってくるだけで、時間稼《かせ》ぎにしかならなそうだな。

問題は、どのくらい時間を稼げばいいかだが……。

「船が到着するまで、どのくらいかかる？」

「あと1時間半ってとこだな。間に合いそうか？」

「……分からない」

これは嘘《うそ》だ。

まず確実に、間に合わない。

10分や20分なら稼ぐ方法があるが……1時間以上の時間を稼ぐとなると、まず魔力が持たない。

それこそ炎属性適性によって強化した『終焉の業火』を使えば話は別だが……それではブレイザーたちごと焼《や》き尽《つ》くすことになってしまう。

となると、船を使わずに逃げてもらうしかないな。

解決策を考えながら俺は、スライムを通して島の海の様子を見る。

どうやら海の波は、かなり高いようだ。

イカダとかを浮かべるのは、無理がありそうだな……。

と……ここまで考えて俺は、島にいる冒険者たちが、実力者揃《ぞろ》いであることを思い出した。

もしかして……放《ほう》っておいても、自力で持ちこたえてくれるのではないだろうか。

1時間もの間、襲いかかってくる魔物を倒し続けるのは厳しいだろうが……島から逃げるだけなら、船がなくても何とかしてしまうメンバーな気がする。

「支部長、もし魔物の襲撃に救助が間に合わなかったとして、冒険者たちは自力で逃げられないのか？」

「自力でって……どんな方法だ？」

「例えば海を泳ぐとか、結界魔法を足場にして逃げるとかだな」

俺の言葉を聞いて、支部長は少し考え込む。

そして……首を横に振った。

「残念ながら難しいな。そもそも結界魔法は、足場として使えるような代物《しろもの》じゃない。魔力がいくらあっても足りないからな」

……そうなのか。

言われてみれば確かに、結界魔法を足場として使えたら魔物との戦いでも便利そうだが、そういう使い方をする冒険者は見たことがない。

結界魔法は普通、足場として使えないものなのか……。

「泳ぐのはどうだ？」

「それこそ無謀《むぼう》だ。イビルドミナス島が危険なのは、陸の上だけじゃない。海にだって魔物はいる……というか、むしろ海の中のほうが危険なくらいだ」

ふむ。

この島に来るときに、プラウド・ウルフたちが襲われることはなかったのだが……あれはエンシェント・ライノの威圧が効いていたおかげだったのかもしれないな。

どうやら、自力での避難は難しいようだ。

俺が張った結界の上に逃げてくれればいいのだが……俺がこの場にいない状態で、スライムなどに転送して結界魔法を使うとなると、魔法転送のことがギルドに知れ渡ってしまう。

魔法転送は『救済の蒼月《そうげつ》』のような相手に対する切り札の1つと言っていい。

流石《さすが》に、俺がやったとバレるような状況で使うわけにはいかない。


となると……避難の方法として思いつくのは1つだな。

あまりに目立つため、普段なら使いにくい方法だが……シュタイル司祭のおかげで、今なら神のせいにできる気がする。


やるなら、もう残された時間は多くない。

魔物が来てからでは使えない手だからな。

避難にかかる時間を考えると、今すぐ動くしかないか。


『エンシェント・ライノ、プラウド・ウルフ。スライムを全員連れて、海に飛び込んでくれ。島からは撤退する』

『了解した。事情はよく分からないが……それが主《あるじ》の命令ならば、当然従う』

『了解ッス！』

そう言ってエンシェント・ライノとプラウド・ウルフが、島の中心から離れるように走っていく。

あいつらの速度なら、まず追いつかれることはないだろう。

魔物たちに関しては心配いらないと言ってよさそうだ。

問題は、冒険者たちのほうだが……まずは、足場から作ることにするか。

『スラバード、島の沖に向かって飛んでくれ』

『わかった〜！』

俺は『感覚共有』を介して、スラバードが島から離れていく様子を観察する。

そして、スラバードが沖合10キロほどまで来たところで——足場作りの魔法を発動する。

『魔法転送——凍結の呪詛《じゅそ》』


魔法が発動すると同時に、海が凍《こお》りついた。

海の様子を見る限り、恐らく表面だけではなく、海底まで凍りついているな。

これで最低でも数日間……下手《へた》をすれば、数ヶ月単位で溶けないだろう。

もはや足場というよりは、氷の小島だ。


氷の小島は島から数キロ離れたところなので、このままでは冒険者たちは逃げ込めないが……これで問題はない。

島と完全につながってしまったら、冒険者と一緒に魔物まで入ってきてしまうからな。

それに、島ごと焼き払うとなると、巻き込んでしまう可能性もあるし。


『スラバード、低空飛行で、島に戻ってくれ』

『わかった〜！』

そう言って島にスラバードが戻っていくところで……俺は、次の足場の魔法を発動する。

今度は、一時的な足場の魔法だ。


『魔法転送──範囲凍結・中』


今度は海が、表面だけ凍りついた。

先ほど作ったものと違って、表面だけだが……まあ、冒険者たちが逃げる間くらいは持つだろう。


『魔法転送──範囲凍結・中』

『魔法転送──範囲凍結・中』

『魔法転送──範囲凍結・中』


俺は連続して魔法を発動し、島から氷の小島へと続く足場を作っていく。

100回ほど『範囲凍結・中』を使ったところで、スラバードは島に着いた。

それを確認してから俺は、港に集まっている冒険者たちの様子を観察し始める。

「……どうだ？　さっきの炎の原因は分かったか？」

「いや……サッパリだ。あれだけの大爆発《だいばくはつ》が、理由もなく起こるわけもないと思うんだが……」

「まあ、しばらくはここに留まって様子見したほうがよさそうだな。ギルドが何か情報を掴《つか》んでいるかもしれない」


どうやら冒険者たちは今のところ、島から逃げようとは考えていないようだ。

そもそも魔物が近付いていることを知らない以上、当然といえば当然か。

しかし……このまま魔物が襲ってきたら、冒険者たちは逃げるより戦いを選びそうな気がする。

海は海で危険だという話だし、たまたま海にある足場を見つけてくれる……というのは、あまり期待できなそうだ。

となると、追い出すのが手っ取り早そうだな。

『スラバード、今度は島の中に向かって飛んでくれ』

『わ、わかった〜！』


……今日はスラバードが大活躍だな。

地上を移動することなく魔法転送ができるというのは、やはり便利だ。

そして、冒険者を巻き込むことがなさそうなところまで来たのを確認して、俺は冒険者を追い出しにかかる。


『魔法転送――極滅《きょくめつ》の業火』

『魔法転送――極滅の業火』

『魔法転送――極滅の業火』


爆炎が、島を赤く染めていく。

魔力を使いすぎてもいけないので、『終焉の業火』ではなく『極滅の業火』のほうだが……

得体《えたい》の知れない炎がこれだけ吹き上がれば、冒険者たちも警戒するだろう。

『極滅の業火』も『魔法転送』も、冒険者には知られていない魔法みたいだし。

そう考えつつ俺は、冒険者たちの様子を見る。
すると……案の定冒険者たちは、大騒ぎになっていた。

『な、何だあの炎は⁉』

『ず……随分《ずいぶん》近くないか？』

『これはヤバそうだな……変異種と何か関係があるかもしれない。できれば避難したいところだが……船が来るまでには、まだ6時間以上あるか……』

冒険者たちはまだ船の運航予定変更を知らないため、船が来るのが6時間先だと思っているらしい。
避難したいとは思っているようだが、海を確認する様子はないようだ。
まあ、何の前触《まえぶ》れもなく海に現れた足場なんて、普通気付かないか。
音声転送あたりの魔法で、『あっ！　あんなところに足場が！』とか言えば、見つけてもらえるかもしれないが……流石に声でバレそうだな。鼻でもつまむか？

などと考えていると……炎のほうを見ていた冒険者の１人が振り向き、声を上げた。

「おい、あそこの海面、何かおかしくないか？」

「……凍ってる……？」

どうやら、足場の存在に気付いてくれたようだ。

普通気付かないと思ったのだが……ベテラン冒険者の観察力は流石だな。

「あの氷……沖のほうに続いてるぞ」

「もしかして、あれを伝《つた》っていけば避難できたりしないか？」

「落ち着け。あんな氷に乗るくらいなら、島にいたほうがずっと安全だ。……炎は不気味《ぶきみ》だが、まだ結構な距離があったしな」

氷が続いていることにも、気付いてくれたようだ。
だが流石に、あの氷に乗る覚悟まではついていないようだな。
もう一押しだ。

『魔法転送――極滅の業火！』

今度は冒険者たちから少し近いところに、魔法を転送した。
轟音《ごうおん》とともに爆炎が吹き上がり……冒険者たちは慌て始めた。

「ま、また爆発だ！」

「さっきより格段に近い……下手をすれば、次は巻き込まれてもおかしくないかもしれない……」

「……原因が分からないのが不気味すぎるな。あの氷に逃げたほうが、まだマシなんじゃないか？」

冒険者たちはそう言って、『極滅の業火』が着弾した場所と、『魔法転送・中』によってできた足場を見比べる。
そして……最初に動いたのは、ブレイザーだった。

「俺が行って安全を確かめる！」

そう言ってブレイザーは、氷に飛び乗り……強度を確かめるように、足を何度か踏み鳴らした。
最後に剣で氷を叩《たた》き……割れなかったのを確認して、ブレイザーが叫《さけ》ぶ。

「この氷、なかなか厚いぞ！　船が来るまでは持ちそうだ！」

「りょ、了解！」

ブレイザーの言葉で、冒険者たちも氷に飛び乗り始めた。
どうやら、逃げてくれそうだな。

流石に不自然すぎる状況な気もするが……氷とか炎のことは全部神のせいにしてしまおう。

シュタイル司祭のニセ神託《しんたく》は、とても便利だ。


「爆発はどこで起きるか分からない以上、島の上にいるのは危険だ！　できるだけ離れよう！」

「おう！」


ブレイザーたちは氷の強度を１つ１つ確かめながら、島から遠ざかっていく。

どうやら、冒険者たちの避難は問題なさそうだ。

……あとは、島のほうを何とかすればいいわけだな。

◇

それから数時間後。

ブレイザーたちは全員無事に氷の小島から回収され、船は大陸へと戻り始めていた。

船はすでにイビルドミナス島から遠く離れ、どんな魔法を使おうとも巻き込まれようのない距離だ。

イビルドミナス島は案の定、すでに魔物によって覆《おお》い尽くされている。

呪《のろ》いによって変異した魔物が島を埋め尽くす有様《ありさま》は、さながら地獄のようだ。

俺はそれを確認して……スラバードに声をかける。


『スラバード、いけるか？』

『たぶん、だいじょぶ〜』


スラバードはそう言って、翼をばたばたさせる。

その脚には、小さなスライム……普段とは違って、合体していない状態のスライムが摑まれていた。

摑まれているのは、炎属性適性16を持つスライム。

1匹だけなのは、できる限り軽量化し、スラバードを飛びやすくするためだ。


『よし……じゃあ、頼んだ』

『わかった〜！』

そう言ってスラバードは島の中心付近へと飛び、ぐんぐん高度を上げていく。

そして……島の全域が見えるほどの高さまで上がったところで、口を開いた。

『ちょっと、これ以上はきついかも……』

スラバードは頑張って翼をばたつかせるが、それ以上高さは上がらなかった。

それどころかスラバードも疲れてきているのか、段々と高度が落ちている気がする。

『分かった』

高度を上げてもらったのは、スラバード自身の安全を確保するためだ。

普段の『終焉の業火』だったら、魔法の転送先になる魔物に危険が及《およ》ぶことはないが……今回ばかりは、何が起こるか分からないからな。

『魔法転送――絶界隔離《ぜっかいかくり》の封殺陣《ふうさつじん》』

俺はさらに、スラバードを囲うように『絶界隔離の封殺陣』を発動した。
これで流石に、余波《よは》に巻き込まれるようなことはないだろう。

すでに魔力はマイナスになり、魔法の反動で頭が重いが……ＨＰはまだ半分近く残っているので、『終焉の業火』も1発くらいは撃てそうだな。
属性魔法適性によって魔力消費が増えたりしないのは、すでに確認済みだ。

『全員、ちゃんと島から離れてるな』

『もちろんッス！』

『逃げたよ～！』

俺はステータスを見ながら、スライムとテイムした魔物たちの様子を最終確認する。
どうやら、問題はないようだ。

たった1発の魔法を撃つのに、ここまで準備をしたのは初めてだが……このくらいしないと、安心できないんだよな。

そんなことを考えつつ俺は、魔法を発動した。

『魔法転送——終焉の業火』

次の瞬間——遠くの空が、赤く染まった。

あとがき

はじめましての人ははじめまして。こんにちはの人はこんにちは。進行諸島《しんこうしょとう》です。

おかげさまで本シリーズも無事に9巻を出すことができました！
累計《るいけい》部数は４００万部を超え、まさに絶好調のシリーズとなっております。

アニメ化企画も着々《ちゃくちゃく》と進行中です！

具体的にどう進んでいるのか、皆様にお見せしたくてうずうずしています……！
ぜひとも、発表や告知をお待ちいただければと思います。

さて、９巻で初めて本シリーズを手にとったという方や、アニメ化告知で興味を持ってくださった方向のために、恒例《こうれい》のシリーズ概要《がいよう》紹介です。

本シリーズは、異世界に転生した主人公が、自分の力の異常さをあまり自覚しないまま無双《むそう》する作品です！

最強の力を得た主人公とのユージと、テイムした魔物たち（主にスライム）の手によって、異世界の常識は粉々《こなごな》に破壊されていきます！


前巻までお読みいただいた方はすでにお分かりの通り、本シリーズの軸《じく》は徹頭徹尾《てっとうてつび》、主人公無双です！

その軸は1巻から9巻まで、1ミリたりとも動いておりません！

具体的にユージたちがどう活躍するのかに関しては……ぜひ本編でご確認いただければと思います。

今回も後書きスペースが少なめなので、謝辞《しゃじ》に入りたいと思います、
改稿などについて、的確なアドバイスをくださった担当編集の方々。
前巻までに引き続き、素晴《すば》らしい挿絵《さしえ》を描いてくださった風花風花《かざばなふうか》様。
漫画版を描いてくださっている彭傑《ポンジェー》先生、Ｆｒｉｅｎｄｌｙ Ｌａｎｄの方々。
アニメ放送に向けて動いてくださっている、アニメ関係者の皆様。
それ以外の立場から、この本に関わってくださっている全《すべ》ての方々。

そしてこの本を手にとってくださっている、読者の皆様。

この本を出すことができるのは、皆様のおかげです。ありがとうございます。

10巻も、今まで以上に面白《おもしろ》いものをお送りすべく鋭意《えいい》執筆中ですので、楽しみにお待ちください！


最後に宣伝《せんでん》を。

今月は私の他シリーズ『失格紋《しっかくもん》の最強賢者』漫画15巻、そのスピンオフ『殲滅魔導《せんめつまどう》の最強賢者』漫画3巻が発売となります！

こちらも主人公最強ものとなっているので、興味を持っていただけた方は、ぜひ手にとっていただければと思います。


また、私が原作を担当したコミックス『双翼《そうよく》の武装使《ぶそうつか》い』の1巻も今月発売です！

こちらのシリーズ、私にとって初のオリジナル原作となっております！　小説のコミカライズではありません！

月刊少年ガンガンさんで掲載のオリジナル原作ということで、少年漫画テイストが入っていますが……私の他作品の例に漏《も》れず、こちらも主人公無双ものとなっています！

興味を持っていただけた方は、ぜひ『双翼の武装使い』もよろしくお願いします！

それでは、また次巻で皆様とお会いできることを祈って。

進行諸島

GAノベル

転生賢者の異世界ライフ 9
～第二の職業を得て、世界最強になりました～

2021年6月30日 初版第一刷発行

著者 進行諸島
発行人 小川 淳
発行所 SBクリエイティブ株式会社
〒106-0032 東京都港区六本木2-4-5
03-5549-1201 03-5549-1167(編集)

装丁 AFTERGLOW
印刷・製本 中央精版印刷株式会社

ISBN978-4-8156-1139-2
Printed in Japan

ファンレター、作品のご感想をお待ちしております。
〒106-0032 東京都港区六本木 2-4-5
SBクリエイティブ株式会社
GA文庫編集部 気付

「進行諸島先生」係
「風花風花先生」係

本書に関するご意見・ご感想は
下のQRコードよりお寄せください。
※アクセスの際に発生する通信費等はご負担ください。

https://ga.sbcr.jp/

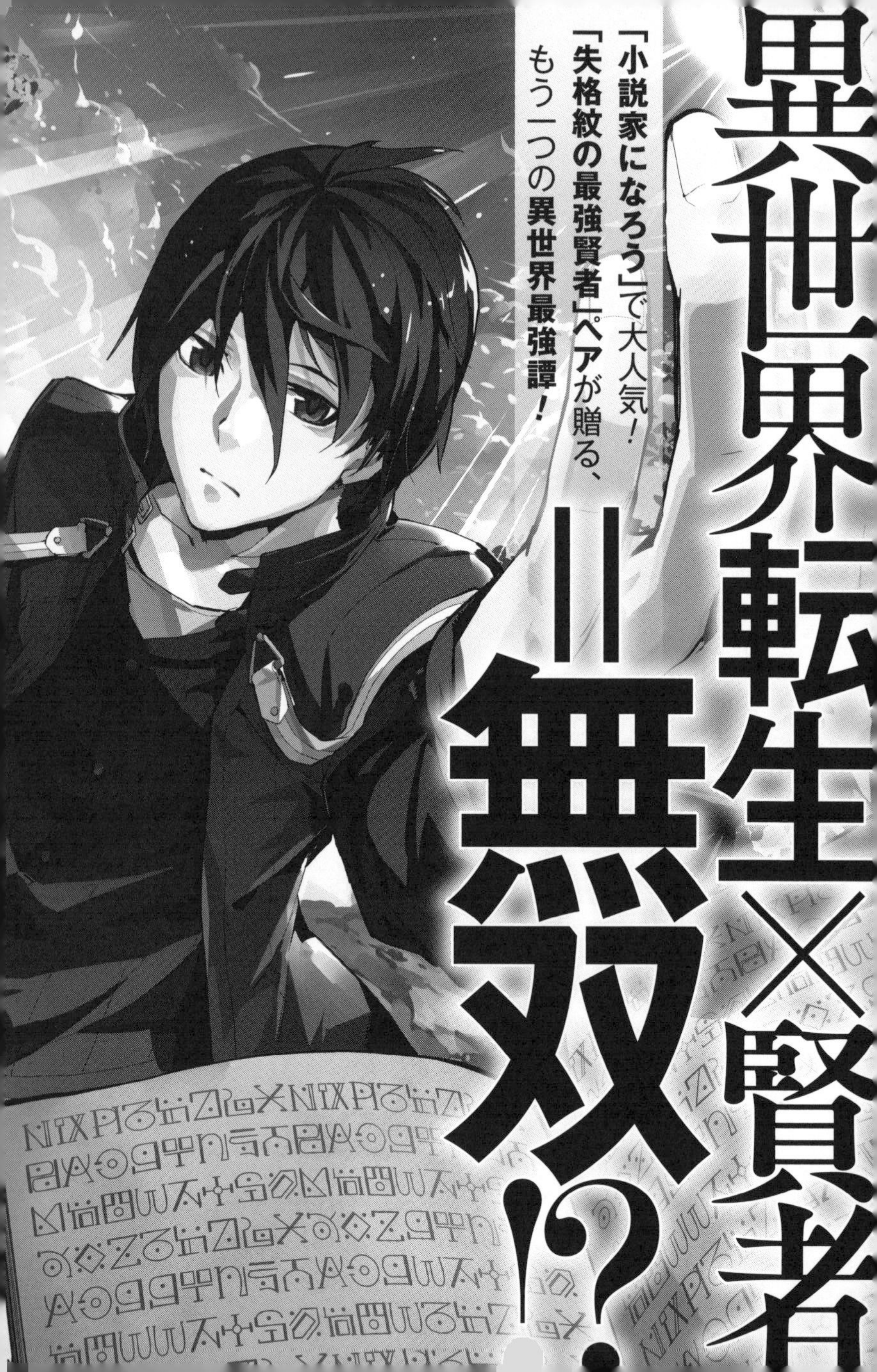
異世界転生×賢者
＝無双!?
「小説家になろう」で大人気!
「失格紋の最強賢者」ペアが贈る、
もう一つの異世界最強譚!

マンガUP!
にて
大好評連載中
!!!
転生賢者の異世界ライフ
～第二の職業を得て、世界最強になりました～
原作 進《しん》行《こう》諸《しょ》島《とう》(GAノベル／SBクリエイティブ刊)
漫画 彭《ボン》傑《ジェー》(Friendly Land)
キャラクター原案 風《かざ》花《ばな》風《ふう》花《か》